www.bbulmedia.com

www.bbulmedia.com

건곤무쌍

의문

추몽인 신무협 장편 소설

건곤무쌍

건곤유일검이었던 내 별호는 어느새 건곤무제가 되어 있었고 나와 동시대를 살던 이들은 이제 그 흔적조차 남지 않았다. 그래도 절대 달라지지 않은 한 가지가 있었으니…… 그것은 바로 놈의 존재!

目次

1

광인(狂人)

곤륜산(崑崙山).

예부터 신선들의 이야기가 많아 선산(仙山)으로 여겨지며, 달리 옥산(玉山)이라고도 불리고 있다.

대표적인 신선설화는 서왕모에 대한 것이다.

서왕모는 신선에 대한 영향력이 매우 컸다고 한다.

곤륜에 그 궁전을 두고 삼천 년마다 열리는 반도(蟠桃)로 신선들의 장생을 책임졌다고 해 그녀는 종종 신선들의 우두머리로 여겨져 왔다.

이뿐 아니라 대부분의 선술이 그녀를 통해 황제들에게 전해졌다고 한다. 대표적으로 삼황오제의 한 사람인 황제를 도와 과업을 달성케 하고, 후에는 그를 직접 선계로 이끌었다고도 전해지니…….

이처럼 선가의 뿌리가 곤륜에서 시작되었다고 해도 과언이 아니다.

하지만 오늘날 곤륜의 선가들은 거의 사라져 버리고, 후에 도가사상을 받아들여 선가와 도가가 결합된 형태로 전통을 이어 왔다.

이 중에서도 가장 잘 알려진 문파가 바로 곤륜파였다.

그래선지 곤륜의 무학들은 대부분의 선인의 행동을 본딴 것이 많았다.

곤륜파하면 떠오르는 운룡대팔식(雲龍大八式)도 이를 펼치는 모습을 보고 있으면 가히 신선이 허공에 노니는 것과 다르지 않다고 한다.

아니, 어쩌면 험준한 산줄기와 또, 산 전체를 감싼 구름 때문에 이 정도의 능력이 없으면 타 넘을 수도 없어서인지도 모르지만.

어쨌든 이 순간 곤륜파를 찾고자 산을 오르는 두 과객에겐 별문제 될 게 없는 듯했다.

마치 평지를 타듯 곤륜산자락을 타 내고 있었다.

"좀. 쉬었다 가는 게 어떻습니까?"

"왜 벌써 힘들어?"

"벌써긴 뭔 벌써입니까? 이 험한 산을 두 시진이나 타는 게 그럼 쉬운 줄 알았습니까?"

"그러기에 내가 그냥 산 아래서 기다리고 있으랬잖아. 뭐하러 바득바득 따라붙어 불평불만이야 불평불만은……."

"아니, 그럼 수하란 인간이 주군은 개고생하며 산을 오르는데 지 혼자 편하자고 마을에 남습니까? 사람 잘못 봐도 한참 잘못 봤습니다."

'하여튼 단어 선택하는 것 하고는…… 점점 그 속내가 의심이 든다니까.'

그래도 두 시진이란 말이 그리 과장된 말은 아니기에 유장천은 일단 걸음을 멈췄다.

당연히 심옥당은 얼씨구나 멈춰 서서 근처의 한 바위에 엉덩이를 붙였다.

그 후, 정말 힘들었다고 시위하듯 제 다리를 연신 주물렀다.

"으구구. 오는 도중 몇 번 툴툴거렸다고 이런 식으로 수하를 잡고. 이럴 거면 차라리 속 시원히 답이나 주고 괴롭히든가 하지. 아…… 기구한 내 팔자야.”

심옥당은 아예 땅이라도 칠 듯 제 다리를 쳐 대고 있었다.

가만히 보고 있으니 유장천은 이 인간이 왜 되도 않는 엄살을 부렸는지 알 것 같았다.

역시나 구름 속에 남긴 운도의 전언이 문제였다.

일부러 어디 골탕 먹어 보란 식으로 변죽만 올려놨더니, 이처럼 이제는 아예 노골적으로 불만을 드러냈다.

‘나야말로 이 무슨 팔자냐 하고 싶다. 대체 내가 뭐에 씌어서 이런 화상을 데리고 다녀야만 하는지…….’

하지만 이 화상 덕에 유장천은 천살성인가 뭔가 하는 것에 잡아먹힐 대위기를 넘길 수 있었다.

이날까지 그저 저주라고만 알고 있던 것.

사부 북궁적조차 그 내용 때문인지 숨겨 온 그것을 바로 요 얄미운 인간 덕에 알게 되고, 또 극복할 수도 있었다.

물론, 아직 완전히 떨친 것이 아니라 여전히 문제의 소지는 남았지만 그래도 알고 모르고는 그야말로 천양지차.

이제는 그 문제 때문이라도 북궁적의 경고와 무관하게

분노를 잘 다스릴 수 있었다.

다 졸지에 떠안게 된 이 애물단지 수하 때문이었다.

그래서 유장천도 이쯤에서 골탕 먹이는 걸 끝내고, 그토록 알고 싶어 하는 운도의 전언을 전해 줄 생각이었다.

"정말 그것만 알게 되면 훨훨 하늘이라도 날 것 같으냐?"

"하면 이제 진정 그에 대해 가르쳐 주실 겁니까?"

"네가 그렇다고 대답하면."

"좋습니다. 곤륜파에 도착하는 그 순간까지 딱 이 입을 봉해 놓도록 하지요."

"목숨이 왔다 갔다 하는 순간에도 제 잘난 듯 움직여 댄 그 입이 과연 그럴지 모르겠지만 어쨌든 그렇다니 가르쳐 주지."

"과연이 아니라 진심입니다. 그러니 어서 빨리 시원하게 제 속 좀 풀어 주십시오."

'애가 닳아도 제대로 달았나 보군.'

그래서 좀 더 시간을 끌까 했지만, 아이처럼 초롱초롱 눈을 빛내는 저 얼굴을 보고 있자니 속이 뒤집혀서라도 서둘러 끝내야겠다는 생각이 들었다.

"송학자가 남긴 전언은 이랬다. '나는 미치지 않았다.

하지만 세상의 눈을 피하기 위해 기꺼이 광인이 될 것이다.' 이제 되었느냐?"

하지만 심옥당은 그토록 바라던 의문이 풀렸음에도 오히려 의혹한 더 증폭되는 기분이었다.

'미치지 않았는데, 세상의 눈을 피하기 위해 광인이 되겠다니……. 왜? 혹시 그분은 알려진 거와 다르게 나머지 사우들의 죽음에 대해 뭔가 알고 있다는 것인가?'

마치 이 속내를 읽은 듯 유장천이 한마디를 더 보탰다.

"내가 일전에 송학자가 맹물 같은 인간이라고 했지?"

"예."

"그러면서 맹물은 실제로 그 속에 뭐가 있는지 알 수 없다고도 했고."

"예."

"그런 그 인간이 만일 뭔가 중요한 비밀을 알게 되었다면 어떻게 되었을 같으냐?"

"뭐 자꾸 맹물 같다니 얼씨구나 하고 사람들이 그 비밀을 알려 달라 떼거리로 몰려들겠지요."

"그렇겠지. 하지만 그중에서 어떤 부류의 인간이 제일 먼저 달려오겠느냐?"

"그야 그 비밀과 직접적인 연관들이 있는 자들……."

심옥당의 미간이 깊게 좁혀졌다.

문제는 이 비밀과 연관된 자들이란 것이 사우 일을 빗대자면 그들의 친인들이거나 직접적으로 이 일을 꾸민 자들밖에 없다.

"다시 말해 주군께서는, 운도 어르신이 혹시 모를 제 죽음을 피하고자 광인 행세를 자처하셨다는 말입니까?"

"죽음을 피하는 정도가 아니지. 다시 말해 그 말은 제 능력으로는 도저히 감당할 수 없다는 말이 되기도 하지."

"하지만 그때만 해도 당문, 서문세가, 개방, 또 그분이 속한 곤륜파를 한꺼번에 감당할 세력은 없었습니다. 능히 이들이 힘을 합치면 천하제패도 노려볼 만했을 텐데."

물론 이는 과장이 많이 되긴 했지만, 그만큼 당시에 이들 네 곳의 합일된 힘은 한창 혈황지란을 복구하던 천하 입장에서는 감당하기 어려운 거력이었다.

"그런데도 광인이 될 수밖에 없었다면 과연 무슨 이유였을까?"

"주군의 그 말씀은…… 이 네 곳의 힘으로도 감당할

수 없는 그런 세력이 있었다는 말입니까? 설마 마교?"

말끝에 심옥당이 언급한 마교.

그들이라면 충분히 가능성이 있었다.

어디까지나 사우가 살해된 건 지금으로부터 이십 년 전. 마교가 북궁적에게 패퇴당한 이후로 팔십 년이 흐른 뒤였다. 게다가 중간에 혈황이 아주 크게 분탕질 쳐 놓아 정말 그들이 마음먹으면 얼마든지 천하를 집어삼킬 수 있었다.

하지만 유장천은 고개를 저었다.

"높은 가능성이긴 하지만, 그가 광인이 된 건 그런 이유가 아니라 바로 한 사람을 기다리기 위함이다."

"누구?"

"유장천."

어찌 보면 제 얼굴에 금칠하는 듯했지만, 심옥당은 일찌감치 그를 동명이인으로 여겨 바로 건곤무제를 떠올렸다.

"하면 건곤무제 어르신을 기다렸다는 말씀이십니까?"

"그래."

"그렇다면 큰일 아닙니까? 주군은 그분이 아닌 그분의 후예인데."

'으극. 전에는 그래도 조금 의심이라도 하는 것 같더니, 이젠 아예 의심조차 않는구나.'

일전에 한 번 자신이 그와 동일인이면 어쩌냐 물은 뒤로 심옥당은 지금처럼 한결 같았다.

그래서 한순간 욱하고 뜨거운 무언가가 치솟아 올랐지만, 어차피 다 제 스스로 뿌린 씨앗이었다.

'에효. 이제는 내 스스로 익숙해지는 수밖에.'

스스로 자위하며 유장천이 한 마디를 더 보탰다.

"그 일이라면 걱정 안 해도 된다. 그가 날 만나면 네 걱정과 달리 모든 일은 다 순리대로 풀릴 것이다."

"음……."

그러나 여전히 심옥당은 초지일관 의심을 떨치지 못했다.

스스로 천하를 속이려 광인이 되기로 자처한 사람이었다. 과연 그 정도의 각오를 다진 자가 아무리 기다리던 자의 후예라도 그렇게 쉽게 마음을 바꿀까?

'주군을 못 믿어서가 아니다. 다만 이 경우는 믿고 안 믿고를 떠났다는 게 더 큰 문제일 뿐.'

심옥당은 결국 이 또한 제 이해 범주를 넘었다는 사실을 잘 알고 있었다.

'결국 지금은 정말 그렇게 되나 안 되나 내 이 두 눈으로 직접 확인하는 수밖에.'

백문이불여일견.

끝으로 심옥당은 엉덩이를 툭툭 털고 자리에서 일어났다.

"가시죠, 주군. 갈 길이 바쁩니다."

'갈 길은 얼어 죽을. 그보단 네놈 마음이 더 급한 거겠지.'

그래도 어쨌든 더는 심옥당이 툴툴댈 같지 않아 유장천도 따라 걸음을 옮겼다.

다시금 멈춰졌던 산행에 힘이 실리고, 그렇게 두 사람은 험난한 곤륜산자락을 타 넘으며 목표인 곤륜파와의 거리를 빠르게 좁혀 나갔다.

❖

"이히히히."

얼핏 들어선 한밤중에나 들을 법한 귀신 웃음소리였다.

하지만 지금은 해가 중천에 뜨다 못해 살짝 서편으로

기운 시각.

아무리 원한에 살짝 맛이 갔을 귀신이라도 절대 나오지 못할 시간이었다.

"이히히."

그래서 당연히 이 웃음소리의 주인공도 사람일 수밖에 없었다.

하지만 풀어진 표정과 귀신 저리 가라하는 웃음소리. 또, 그가 벌이는 행동에 사람들은 대개 두 자를 먼저 떠올리리라.

광인(狂人).

안타까웠다. 이것만 아니라면 이 모든 것의 주인공은 선풍도골이란 넉 자가 너무나 잘 어울리는 노도사였기 때문이다.

"휴우……."

그래선지 바람결에 무거운 한숨이 함께 실렸다.

"장문 사형. 자그마치 벌써 이십 년입니다. 게다가 그간 안 해 본 방법이 없다 할 정도로 온갖 노력을 다 쏟아붓지 않았습니까? 이제는 포기하고 모든 걸 받아들여야만 합니다. 더는 제자들도 그렇고, 천하도 마찬가지로 안 좋은 말들만 쏟아 내고 있지 않습니까?"

"허허, 그렇다고 본 파의 가장 큰 어른이 광증에 걸렸단 말을 어찌 대놓고 할 수 있는가?"

"압니다, 알아요. 어찌 그걸 몰라 소제가 이런 말을 꺼내겠습니까?"

"하면?"

결국 광인을 바라보던 인자한 인상의 노도사, 태인자(太仁子)의 시선이 거둬져 곁의 조금은 차가운 인상의 노도사, 태한자(太寒子)에게로 향했다.

"진실을 말하자는 것이 아닙니다."

"그럼 도대체 무얼 밝히자는 겐가?"

"본 파와 천하에 사숙의 죽음을 공포하는 것입니다."

"이보게!"

인자함이 한순간에 사라지고 태인자의 얼굴에 타오르는 노기가 자리했다.

하지만 태한자는 조금도 물러서려 하지 않았다. 오히려 잇는 말 속에 더한 열의를 담기 시작했다.

"어차피 광증에 걸리는 그날, 사숙은 죽은 것이나 다름없습니다. 지난날 그분이 이룩해 놓은 모든 것들. 비록 몇몇 자들의 시기와 질투를 불러들였더라도 어디까지나 그건 영웅의 업적이었습니다. 그래서 전 차라리 사숙의 그 영광을 지켜 드리는 것이 우리 후대의 의무라 생각합니다. 그러니 부디 용단을 내려 주십시오. 만에 하나 사숙이 이룩해 놓은 모든 것들이 변질되기 전에 말입니다."

말끝에 태한자의 허리가 깊게 숙여졌다.

오히려 이로 인해 노기를 드러냈던 태인자의 눈동자가 조금씩 떨리기 시작했다.

'정녕 이래야만 하는 것인가? 정말 이것이야말로 사숙을 위하는 진정한 길이란 말인가?'

태인자의 시선이 하늘로 향했다 다시금 광인에게로 돌아갔다.

그 순간에도 그는 이런 둘의 대화가 전혀 귀에 들리지 않는지 손에 든 막대로 바닥에 열심히 무언가를 써 대고 있었다.

"사제, 잠시 나 혼자 생각을 정리할 시간을 주게."

"알겠습니다. 그럼, 소제 먼저 물러나겠습니다."

설득할 때와 달리 이번만큼은 태한자가 순순히 물러났다.

생각할 시간을 달라는 말은 다시 말해 이미 그 마음이 흔들렸다는 말과 다르지 않았다. 여기서 더 밀어붙였다간 오히려 상대의 반감만 살 수 있기 때문이었다.

그렇게 태인자가 떠나가고, 이 자리에는 광인과 다시금 인자한 인상으로 돌아온 태인자만 남았다.

'사숙…….'

하지만 그 인자함이 광인에게 오래 머물면 머무를수록 연민으로 바뀌어 갔다.

비록 지금은 광증에 이렇게 변했지만, 둘이 연신 사숙이라 부르던 그가 누구이던가?

다름 아닌 일검사우의 일인으로 한때 천하를 도탄에서 구해 낸 영웅 중 한 사람이었다.

"청학 사숙……."

나직하게 그 이름을 뇌까리던 태인자의 걸음이 점점 광인에게로 향하기 시작했다.

그 와중에도 광인, 아니 운도 혹은 송학자로 불리는 그는 여전히 바닥에 무언가를 적는 데 여념이 없었다.

그래서 태인자의 시선도 자연히 그것들로 향했다.

"……!"

그런데 거기에는 한순간 태인자의 연민을 확 날려 버리는 문구가 적혀 있었다.

아불광(我不狂) 불비애(不悲哀)

나는 미치지 않았으니 슬퍼하지 말거라.

"사숙!"

태인자는 도저히 참을 수 없어 송학자를 크게 부르고 말았다.

그 순간 더 놀라운 일이 벌어졌다.

이제껏 태인자의 귀를 어지럽혔던 광소가 사라지고, 또 초점 없던 눈도 초점을 찾아 똑바로 그에게로 향했다.

그 상태로 송학자가 몸을 일으켰다.

"사, 사숙……."

태인자는 그 어떤 일에도 흔들림이 없어야 할 장문인의 직분마저 잊고 떨리는 음성 이상으로 눈을 떨며 송학자의 얼굴만 바라보았다.

하지만 송학자는 별 말 없이 시선을 거둬 한곳으로 이동하기 시작했다.

자연히 그 뒤를 태인자가 따르게 되었다.

그렇게 두 사람은 선인동(仙人洞) 앞마당의 가장자리에 자리한 낭떠러지로 향했다.

거기서 산 아래를 보면 곤륜산 전경이 한눈에 들어올

정도로 확 트인 경치를 자랑했다.

마치 무언가를 찾듯 아래를 살피던 송학자가 입을 뗐다.

"귀한 손님이 오는구나."

"예?"

하지만 송학자는 가타부타 말은 하지 않고 제 말만 하고 다시금 몸을 돌렸다.

"그러니 괜한 무례를 범하지 말고 바로 내게로 데려오거라."

태인자는 멀어지는 송학자를 잡고, 그 손님이 도대체 누구고 어떻게 사숙이 제정신을 차릴 수 있는지 묻고 싶었다.

그러나 열리지 않는 입만큼 손도 그저 허무히 허공만 움켜쥔 채 다시금 제자리로 돌아왔다.

'그래. 지금은 한 가지만 생각하자. 사숙이 본정신을 되찾았다는 그 사실만 말이다!'

그래서 돌아서는 태인자의 발걸음에는 힘이 들어갔다. 자연히 점점 그 속도도 배가 되어 갔고, 한순간 허공을 날듯 선인동을 벗어난 그의 신형이 빠르게 곤륜파의 본산이랄 수 있는 자미궁(紫微宮)으로 향했다.

그리고 그가 사라진 그 순간 농인지 질책인지 모를 한 마디가 그 빈자리를 대신했다.

"육십 년……. 친구. 자네는 여전히 제멋대로일세."

❖

잘 걷던 유장천이 갑자기 뿌리 내린 듯 걸음을 멈췄다.

뒤따르던 심옥당으로선 왜 갑자기 저러나 의구심이 드는 순간이었다.

"주…… 군?"

혹시나 해서 불러 봤지만, 마치 그 소리를 못 들은 듯 유장천은 가만히 전방 어딘가만 바라보았다.

'대체 또 뭐야?'

원체 함께하며 이런 저런 변덕을 많이 겪은 터라 심옥당도 대충 눈높이를 맞춰 그가 바라보는 곳을 보았다.

하지만 하늘인지 아니면 앞쪽에 펼쳐진 여러 봉우리 중 하나인지 보기만 해서는 알 수 없었다.

"훗!"

그 순간 짧은 웃음이 유장천 입에서 흘러나왔다.

'점점.'

송학자가 아니라 지금 이 모습만 봐서는 유장천이 미치기라도 한 것 같았다.

"가자."

하지만 가타부타 설명도 없이 유장천이 다시금 걸음을 옮겼다.

심옥당으로선 더욱 지금의 상황이 이해가 안 갔지만, 일전에 궁금증을 풀어 주면 군소리 없이 따른다는 약속으로 인해 물을 수도 없었다.

그래서 일부러 괜히 속 끓는 일 없게, 이번 일 전까지 물고 늘어졌던 한 가지 일에 다시금 매달렸다.

'그나저나 도대체 운도 어르신은 누구의 눈을 피하기 위해 미친 척을 한 것일까? 이유야 무제 어르신을 기다리기 위함이라지만, 도통 마교 외에는 떠오르지 않는데……. 그렇다고 제 손으로 쫓아낸 혈황 패거리가 무서…….'

여기까지 생각하던 심옥당의 두 눈이 크게 뜨였다.

'이런! 내가 왜 이 생각을 못했지? 그자는 패해 쫓겨났을 뿐 당시 무제 손에 목숨이 끊긴 거도 아니지 않는가?'

다 혈황지보란 엄청난 보물에 눈이 먼 결과였다.

아니, 애초 이 혈황지보란 자체가 혈향의 무덤을 가리키는 장보도였기에, 대체 죽은 사람이 뭔 일을 저지르나 미리 마음을 놓은 소치였다.

거기다 사람들이 어찌 사우의 죽음에 제일 먼저 혈황의 농간을 떠올리지 않았겠는가?

누가 뭐래도 일검사우를 가장 죽이고 싶은 자들은 그들 손에 밀려난 혈황과 그 잔당들일 텐데.

하지만 막상 조사해 나가면 나갈수록 혈황과의 접점은 커녕 일은 점점 미궁 속으로 빠져들었다.

일단 사우 중 가장 먼저 숨이 끊어진 사람이 다름 아닌 우사였다.

그의 사인은 놀랍게도 명백히 끊어졌다 알려진 전설적인 살해수법.

일점홍(一點紅)!

이는 오로지 상처 부위에 붉은 점 하나만 남기는데, 얼핏 봐서는 그냥 점 같아 그 흔적을 발견하기 어려웠다.

더군다나 사우가 죽었을 때 그의 얼굴이 난자된 상태라 그걸 더 알아보기 힘들었다.

하지만 당가에서 과감히 사인을 위해 가장 큰 어르신

인 당철엽의 시신을 해부하며 끝내 그 흔적을 찾아냈다.

가슴 부위에 찍힌 좁쌀보다도 작은 홍점.

그에 반해 심장은 갈가리 난도질당해 그 형체를 알아보기 힘들었다.

그래서 당철엽의 죽음은 삼백 년 전의 전설적 대살수 야래홍(夜來紅)과 관련이 되었다.

두 번째로 이듬해에 숨진 풍개는 우사보다도 더 끔찍한 수법에 살해당했다.

마치 성난 짐승의 노리개라도 된 듯 온몸이 난자해 그 본 모습을 찾기 힘들었다. 간신히 그가 풍개임을 알아본 건 시신 옆에 놓인 녹옥타구봉(綠玉打狗棒)과 허벅지에 자리한 개에 물린 흔적 때문이다.

이는 풍개의 가장 측근이 확인해 준 바 결국 개방은 물론 전 무림이 그의 죽음을 인정했다.

다만 일점홍의 경우와 빗대어 잔풍마조(殘風魔爪)의 흔적은 아닌가라는 말들이 흘러나왔다.

잔풍마조는 잔풍마제란 이백 년 전의 사파제일인의 독문무공으로, 사파십대조법의 첫 번째로 꼽히는 것은 물론, 고금오대조법에도 속한 놀라운 절학이었다.

문제는 잔풍마조에 당하면 꼭 맹수에게라도 당한 듯

온몸이 난자되기 때문에, 우사가 일점홍에 당했으니 풍개는 잔풍마조에 당한 것은 아니냐하는 추측성 발언이었다.

하지만 세 번째로 살해된 뇌웅의 수법은 끝내 밝혀지지 않았다.

일단 서문세가에서 침묵으로 일관한 것도 있고, 마치 차례대로 백 년 전이라면 당시 유장천의 사부인 무적검제가 활동하던 시기였다.

아직은 검신으로 추앙받기 전이었지만, 어쨌든 그 당시 가장 사람들의 입에 많이 오르내린 무학이 다름 아닌 건곤무극공과 은하일섬이었기 때문이다.

그러나 무적검제는 이미 등선했다 알려졌고, 더불어 그 후예는 사우의 가장 가까운 친구이자 동료인 일검이었다.

그래서 말도 안 된다 하면서도 또 그것 때문에 숨기는 것 아니냐는 억측을 만들어 냈다.

당연히 관심은 사우의 마지막인 운도에게 몰렸다.

이듬해에 그 또한 다른 세 명의 친구들처럼 살해를 당할까?

하지만 일 년, 이 년…… 더 나아가 이십 년이 지난

오늘 날에도 운도가 죽었다는 이야기는 전해지고 있지 않았다.

아니, 어쩌면 이미 죽은 것은 아닌가 싶을 정도로 그에 대한 이야기가 싹 사라졌다.

그래서 몇몇 자들이 대체 운도가 어떻게 된 것인가 그 진의를 파악하기 위해 그 먼 곤륜파를 찾았지만, 듣는 것은 폐관수련 중이라는 한마디뿐이었다.

그 와중에 몇몇 자들 사이에 운도가 친우의 죽음에 충격을 먹고 심마에 빠져 폐인이 되었다는 이야기가 떠돌았다.

자연히 시간 속에 사람들의 관심에서 사라져 갔고, 지금 이 순간 그를 만나러 가는 심옥당도 유장천을 만나지 않았다면 그다지 크게 신경 쓰지 않았을 것이다.

어쨌든 슬슬 하나둘 모든 것들이 윤곽을 드러내는 것 같았다.

물론 아직은 빙산의 일각에 불과해 자칫 엉뚱한 생각으로 빠져들 수 있지만, 그래도 하나의 꼬투리는 잡아낼 수 있었다.

'혈황. 어쩌면 그자는 아직 살아 있을지도 모른다. 그렇다면 그 혈황지보는…….'

자신이 살아 있다는 걸 숨기려는 혈황의 술수이거나, 아니면 혈황이 죽었다 생각하고 무언가 음모를 꾸미려는 누군가의 술수이든가.

다행이라면 이 일이 한창 분위기를 타려다 유장천의 손으로 넘어가 잠잠해졌다는 점.

만일 계속 자신이 가지고 있고, 끝내 그가 독을 못 이겨 내, 만에 하나 다른 자의 손에 넘어갔다면, 아마 이는 가히 마른 가을 들판을 사르는 불길이 되어 전 무림을 금세 혼란에 빠트렸을 것이다.

'그러고 보면 당시 내가 그 물건을 입수한 것도 허점이 많아. 우연찮게 비를 피해 들어간 동굴에서 둘을 찾아보기 힘든 혈황지보를 발견하다니…….'

"훗."

심옥당은 자신도 모르게 실소를 흘리고 말았다.

그 순간 그는 묘한 시선이 자신의 얼굴에 들러붙는 걸 느꼈다.

그리고 그 시선과 마주치자 그는 기분 나쁜 혀 차는 소리까지 들어야만 했다.

"쯧쯧."

그 후 아예 작정을 했는지 유장천이 고개를 절레절레

내저었다.

"……!"

심옥당은 싫어도 무언가가 울컥하는 기분이었으나 참을 수밖에 없었다.

애초 갑자기 웃은 자신의 책임도 있고 또, 이것이 불씨가 되어 괜한 봉변을 당할 수 없다는 지난 경험 때문이었다.

하지만 유장천이 어찌 이런 기회를 지나치겠는가?

"멀리 떨어져서 따라와라. 괜히 나까지 거기에 전염될까 걱정된다."

"주군!"

결국 심옥당의 한 서린 외침이 곤륜산을 울렸지만, 그러든 말든 정말 떨어져 걷겠다는 듯 유장천과의 거리가 빠르게 벌어졌을 뿐이었다.

❖

태한자는 선인동에서 돌아온 태인자가 급하게 자신을 찾았을 때 드디어 장문인이 결정을 내렸구나, 하고 생각했다.

하지만 막상 그의 입을 통해 듣게 된 건 전혀 생각지도 못한 소리였다.

"사제, 본 파에 귀한 손님이 올 예정이네. 그러니 손님맞이할 준비 좀 해 주게."

"예에?"

"허허. 내 말이 그리 어려웠는가? 손님맞이할 준비하란 말을 두 번해야 할 정도로……?"

"아니, 그게 아니라…… 손님이라니 소제로서는 너무도 갑작스러워……."

"그리고 그 자리에는 본 파에서 매우 중요한 분이 참석할 것일세."

"중요한 분이오?"

태한자는 점점 들으면 들을수록 장문 사형마저 사숙의 광증에 전염된 것은 아닌가란 생각이 들었다.

장문인이 직접 중요한 분이라 언급할 정도면 분명 윗대의 분들뿐.

하나 윗대의 대부분은 등선에 들고, 나머지 분들도 문과의 연을 끊은 채 곤륜산 심처에서 도에 열중하는 중이다.

그렇다면 남은 사람은 오로지 한 사람.

'설마 사숙을 그 자리에…….'

하지만 이는 귀한 손님이 누구든 결코 벌어져서는 안 되는 일이었다.

"사형! 아니 될 말씀이십니다!"

다급한 마음에 사형 앞에 붙어야 할 장문이란 두 글자도 사라져 버렸다.

그 마음을 어찌 태인자가 모를 수 있을까?

그럼에도 태인자는 마치 어질다 못해 속이 없는 사람처럼 허허로운 웃음만 보였다.

"허허, 사제가 나보고 둘 중 하나를 결정하라 하지 않았나? 그래서 난 내 결심을 지금 들려준 것이고. 그런데 이런 반응이라니……. 하면 사제는 애초 내가 선택하길 바란 것이 아닌 그저 자네 뜻을 관철시키기 위함이었던가?"

여전히 태인자의 말과 표정에서는 조금도 노기를 찾아볼 수 없었다.

그렇다고 태한자가 지금 자신이 어떤 실수를 했는지 모르지 않았다.

현 장문인이 아무리 지난날 송학자에 버금가는 맹물 같은 사람일지라도 엄연히 곤륜파의 최고 수장이었다.

"죄, 죄송합니다. 소제가 흥분해 너무도 무례한 모습을 보였습니다."

태한자의 고개가 바로 아래로 향했다.

"허허, 이 사람. 난 사제를 나무라기 위해서 한 말이 아닐세. 그러니 고개를 들게. 대신 그 벌로 왜 내가 이런 명을 내리게 되었는지는 말을 해 주지 않을 걸세. 일단은 손님맞이할 준비에나 전념하고, 후에 내가 왜 이런 말을 꺼냈는지 직접 그 눈으로 확인하게."

"예."

태한자도 더는 다른 말을 꺼내지 않고 그저 시키는 대로 손님맞이할 준비에 들어갔다.

조금 전의 실수로 인해 더더욱 그 행동에 더는 망설임이 없었다.

태인자는 그가 빠져나가는 걸 확인하고, 자신도 밖으로 걸음을 옮겼다.

그가 머무는 태화전(太和殿)은 문을 나서자마자 곤륜파의 전경이 한눈에 들어오는 곳에 있었다.

그런 그의 두 눈에 들어오는 곤륜파의 정경은 일반 문파와는 많은 차이가 있었다.

애초 곤륜파 자체가 선가와 도가의 중간을 걷는 곳이

라 그 가풍이 다른 문파에 비해 그다지 강한 편이 아니었다.

당연히 전각들의 배치도 이 빠진 노인네의 그것처럼 듬성듬성 했고, 배치 또한 오행이니 구궁이니 하는 법칙과도 거리가 멀었다.

비슷한 곳을 찾으라면 개방을 꼽을 정도로, 그저 괜한 외풍을 피하고자 하나로 뭉친 그들처럼 이들 또한 비슷한 이유로 한곳에 거할 뿐이었다.

현실이 이러니 장문인의 가장 큰 소양이 바로 사람과 사람 사이를 조율하는 인화에 있었다.

나쁘게 말하면 어느 정도 맹물 같은 구석이 있어야 할 수 있는 자리가 바로 곤륜파의 장문인직이었다.

그래서 본래대로라면 송학자의 차지가 되었을 장문인 자리가 그의 광증으로 인해 한 대 걸러 태인자에게로까지 넘어온 것이다.

"이십 년…… 꿈을 접어 둔 채 떠밀리듯 장문직을 맡은 지난 세월이구나. 허허허."

사실 이에 대해선 조금 억울한 면도 없지 않아 있었다. 본시 그도 운도라 불리던 누구처럼 강호를 구름처럼 여기저기 떠다니던 것이 꿈이었었다.

허허롭게 웃던 태인자의 시선이 어느새 아래쪽에서 태화전 그 위 너머로 향했다.

“하지만 그런 구름이 된 들…… 비와 번개, 바람마저 잃어, 홀로 남는다면 구름이 다 무슨 소용이던가? 어찌 이를 두고 내 지난 세월이 사숙보다 더 힘들고 괴로웠다 할 수 있을까?”

아마 거짓으로라도 미친 척 하지 않고서는 도저히 견디기 힘들 정도로 괴로운 나날이었을 것이다.

“그래!”

태인자가 갑자기 한 손으로 허벅지를 때렸다.

“허허, 이제 알겠군. 동문마저 철저히 속여 오던 사숙께서 왜 갑자기 거짓 광인 노릇을 끝냈는지.”

이유는 한 가지였다.

태양!

비도 번개도 바람도 잃은 구름 곁에서 함께할 존재는 오로지 같은 하늘에 뜬 태양뿐이니.

‘사숙……. 사숙께서는 그 오랜 시간 건곤일맥을 기다려 온 것이군요.’

사우가 풍운뇌우로 통하는 만큼 일검(一劍) 또한 일검(日劍)이라 불러도 크게 이상할 게 없었다.

하지만 여기서 중요한 것은 과연 어떻게 시기를 맞추고, 미리 손님맞이할 준비를 하라 시킨 부분이다.

'설마 사숙께서 그 기나긴 고행 끝에 육통력(六通力)의 능력이라도 생기셨단 말인가?'

육통력은 쉽게 말해 불가의 육신통과 비슷한 힘이라 생각하면 되었다.

이 중 천리안(千里眼)이나 천리이(千里耳)를 깨우쳤다면 분명 어느 누구보다 빨리 손님의 방문을 알 수 있었다.

"……?"

그 순간 바람을 타고 정문 쪽의 소란스러움이 그가 있는 곳까지 전해졌다.

"왔군."

태인자의 미소가 더욱 짙어져 갔다.

2

혼란(混亂)

"휴우…… 왜 곤륜파가 그토록 경공이 뛰어난지 이젠 정말 잘 알겠군요. 오르는 길이 이토록 험해서야 사람이 오라는 건지 말라는 건지."

심옥당은 정말 두 번은 못 오겠다는 표정이었다.

"어차피 신선지도를 걷는 자들 아니더냐? 오히려 이 사람 저 사람 찾아오는 게 더 귀찮을 수도 있지."

"아무리 그래도 예가 무슨 동네 무관도 아니고. 명색이 정도에서 손꼽히는 명문대파가 정말 해도 너무한다는 생각입니다."

"정 그렇게 못마땅하면 장문인이라도 붙잡고 이 문제

에 대해 한번 따져 보든가.”

“정말 그래도 됩니까? 대신 그 뒤에 벌어지는 문제는 다 주군이 책임지십시오.”

“내가 왜? 불만이 있는 것도 너고 따지는 것도 넌데, 그 책임은 왜 내가 지어야 하는데?”

“그야 당연히 수하의 불찰은 자고로 그 주군의 책임이기 때문이지요. 설마 그 정도도 안 하고, 그냥 주군 노릇만 하려 하셨습니까?”

“…….”

“잠깐! 설마 실제로도 그런 생각을 하셨습니까? 왜 갑자기 말이 없어지셨습니까?”

“내, 내가 언제…….”

둘은 이곳이 한 문파의 정문 앞이란 것도 잊었는지 한참을 그렇게 툭탁거렸다.

하지만 더 놀라운 건 그때까지 곤륜파 측에서 어느 누구도 나와 보는 사람이 없다는 것이다.

한술 더 떠 아예 정문을 지키는 시위조차 세워 놓지 않은 상태.

결국 장난 반, 진담 반으로 시작한 실랑이가 나와 보는 이가 없어 저절로 막을 내렸다.

"대단한 곳이네요. 이 정도면 귀가 설어서라도 나와 볼 듯한데."

"달리 운도의 사문이겠더냐? 목마른 놈이 우물 판다고. 아쉬운 사람이 나서야겠지. 그러니 가서 문이라도 두들겨 보거라."

"예."

어쨌든 밤새도록 이러고 있을 순 없어 심옥당이 대표로 정문에 다가가 문을 두드렸다.

쿵쿵.

"이보시오. 아무도 없소?"

그제야 마치 누군가의 방문을 알았다는 듯 정문이 조금 빠끔히 열리며 그 사이로 대략 십오육 세의 소도사 한 명이 얼굴을 내밀었다.

"혹시 본 파에 볼일이 있으신가요?"

"……."

심옥당은 설마 이런 질문이 튀어나올지 몰라 바로 대답을 못했다.

정말 해도해도 너무하단 생각이 들었다.

대체 이곳에 사는 인간들의 정신상태는 어떻게 생겨먹었는지, 소란도 모자라 문까지 두드렸는 데도 볼일이 있냐 물으니.

"없으신가요? 그럼……."

더 기가 막힌 건 소도사의 다음 행동이었다. 말이 없자 소도사는 미련 없이 바로 그 안으로 들어가려고 했다.

"자, 잠깐!"

심옥당은 마치 연거푸 뒤통수라도 얻어맞는 것 같았지만 그렇다고 이대로 소도사를 돌려보낼 수 없었다.

"네?"

"소도장, 설마 볼일이 없는 데 문을 두드렸겠소?"

"하지만 시주께서 볼일이 있으시냐니 아무 말도 하지 않으셔서……."

"으득, 볼일 있소. 그러니 이제 들어가도 되겠소?"

"그러세요, 자."

소도사가 조금 더 문을 열어 심옥당과 유장천이 들어가게 비켜 주었다.

들어서자 소도사는 다시 열렸던 문을 닫고, 마치 급한 볼 이 있는 것처럼 바로 어딘가로 뛰어가려 했다.

"잠깐!"

"무슨 일이시죠? 설마 빈도에게 볼일이 있어서 오신 건가요?"

"……."

심옥당은 정말 오랜만에 머리끝까지 피가 몰리는 경험을 하게 되었다.

대체 문규가 어떻게 생겨 먹으면 이토록 찾아온 이를 박대할 수 있을까? 혹 시작부터 방문객의 기를 꺾어 놓으려는 곤륜만의 고도의 술수인 것인가?

속내야 어떻든 이번에도 심옥당이 불러 놓고 말이 없자 소도사가 조금 언짢은 얼굴을 했다.

"시주께서는 정말 이상하시군요. 매번 사람을 불러 놓고 말도 없으시고. 볼일이 없으시면 저는 이만 가 보겠습니다. 그럼."

소도사는 더는 잡지 못하게 아예 경공을 사용해 심옥당에게서 멀어졌다.

그 순간 결코 듣고 싶지 않은 소리가 들려오기 시작했다.

"크큭…… 크하하하!!"

곁에서 유장천이 배를 잡고 웃고 있었다.

"주…… 국?"

마지막 단어는 거의 이를 악물며 말을 해 조금 이상한 소리가 돼서 흘러나왔다.

그런데도 유장천은 알아들었는지 웃으며 한마디를 했다.

"하하. 왜?"

"설마 알고도 가만히 계신 것입니까?"

"내가 뭘?"

"으득! 곤륜파가 본시 이런 곳이란 것 말입니다."

"아니, 왜 생사람을 잡을까? 너도 알다시피 난 육십 년만에 모습을 드러낸 건곤무제의 후예잖아. 그런 내가 대체 뭘 안다고 그러는 거야?"

"그럼 도대체 왜 웃으십니까?"

"허면 지금 이걸 보고 울까? 하하하!"

정말 유장천은 심옥당의 혈압이 오르다 못해 머리를 뚫고 나올 정도로 신나게 웃어 댔다.

하지만 심옥당으로선 참고 또 참고 웃음이 멈출 때까지 기다리는 수밖에 없었다.

다행히 생각보다 유장천의 웃음은 오래가지 않았다.

"휴우…… 덕분에 잘 웃었다. 출도하고 온통 골치 아픈 일뿐이었는데, 네 덕에 잠시나마 그 모든 걸 잊을 수 있었다."

"다행이군요. 속하가 그렇게나마 주군의 도움이 되었

다니…… 으득.”

“그렇다고 사내가 너무 속 좁게 마음에 담아 두지 마라. 살다 보면 본의 아니게 이런 일도 겪고 저런 일도 겪는 법이니.”

“명심하지요.”

“자, 그럼. 본격적으로 가 보자.”

“네? 어디를 말입니까?”

“당연히 남의 집에 왔으니 그 주인을 만나는 게지. 달리 또 누굴 만나겠느냐?”

“하면 이대로 바로 곤륜파 장문인을 만난다는 소리입니까? 허락도 안내하는 사람도 없이 마음대로 말입니까?”

“아니, 안내하는 사람은 몰라도 이미 허락은 떨어졌다.”

“이미 허락이 떨어졌다고요?”

심옥당은 대체 이게 다 무슨 귀신 씨나락 까먹는 소리냐는 듯 도통 이해가 안 가는 얼굴이었다.

“저쪽을 보거라.”

유장천이 손을 들어 한곳을 가리키자 심옥당의 시선도 자연히 그곳으로 향했다.

"저곳이 바로 곤륜파의 장문인이 거하는 태화전이다. 정문에서 바로 찾을 수 있게 저토록 눈에 띄게 만들어 놓았지."

태화전은 제멋대로 지어진 건물 중에 유일하게 제대로 구색을 갖춰 지어진 건물이었다. 또, 지대도 그 혼자 불뚝 위로 솟아 눈만 있으면 찾을 수 있었다.

"아무리 그렇다 해도 허락은 도무지 이해가 가지 않습니다. 주군도 알다시피 여기까지 오며 그 어떤 사람도 만난 적이 없지 않습니까?"

"물론 만난 적 없다. 하나 넌 이런 말을 들어 본 적이 없느냐? 곤륜산의 꼭대기에는 서왕모가 사는 궁전이 있다. 하지만 아무도 이날까지 그 궁전을 본 적도 가 본 적도 없다. 왜 그런지 아느냐?"

"그야 그 모든 게 다 전설이기 때문 아닙니까?"

"아니다. 허락된 자들만 그 궁전에 들 수 있고, 든 자는 다시금 세상에 나올 수 없기 때문이다."

"속하는 도무지 이해가 가지 않습니다."

"굳이 이해할 필요 없다. 어차피 곤륜파도 그와 비슷하단 의미로 설명하려 든 예이니."

"그 말씀은?"

"곤륜파도 마찬가지다. 원하지 않는 손님은 평생 이곳을 찾지 못한 채 곤륜산을 헤맬 뿐이지. 괜히 곤륜파를 선가의 도량이라 부르는 게 아니다. 다 이런 힘이 있기 때문이지."

"음……."

"결국 도교를 받아들였다 해도 아직 이곳은 신선이 되고자 하는 자들의 요람이란 소리지."

"정말 옛날이야기에나 나올 법한 이야기군요."

"정 못 믿겠으면 훗날 다시 한 번 이곳을 찾아 보거라. 내 일부러 장문인에게 앞으로 넌 두 번 다시 이곳을 찾지 못하게 하라 일러 둘 테니."

"……."

하지만 심옥당은 아무리 그래도 도통 믿을 수가 없었다. 아무리 곤륜파가 중원에서는 한참 떨어진 청해 끝자락의 곤륜산에 있지만 달라도 너무 달랐다.

'어쩌면 이런 이유로 무림에서 곤륜파 사람을 보기가 그토록 어려운 것인가?'

그러고 보면 오랜 역사와 전통을 가진 곤륜파가 마치 있는 듯 없는 듯 취급받는 것도 이해가 갔다.

"자, 기다리고 있을 테니 서두르자."

"예."

그렇게 한 사람은 당연시 여기고, 또 한 사람은 아직도 긴가민가하는 마음으로 정면에 보이는 태화전으로 걸음을 옮겼다.

❖

정말 놀랍게도 유장천과 심옥당이 태화전에 다가갈 때까지 어느 누구도 그 발걸음을 막거나 제지하는 자들이 없었다.

실제로 곤륜파의 장문인도 마치 기다렸다는 듯 두 사람을 반겨 주었다.

"먼 길 오시느라 고생하셨소. 본시 본 파를 찾는 이들은 그 먼 여정과 험난함 때문이라도 잘 찾지 않는데, 정말 이렇게 외부인이 찾아온 것이 얼마 만인지 모를 정도요."

"고생이랄 것까지는. 유장천이오, 이쪽은 내 수하인 심옥당이오."

"……!"

태인자는 심옥당이 누군가의 수하가 되었다는 부분보

다 유장천이란 말에 눈썹이 크게 움직였다 제자리를 찾았다.

다른 누구보다 사우와 연관된 자들에게서는 유장천이란 이름이 결코 가볍지 않았기 때문이다.

"태인자요. 그렇지 않아도 귀한 손님이 올 거라 언질을 받은 터라 대충 건곤일맥을 생각했는데, 이름이 같아 한순간 건곤무제 그분을 떠올렸소."

반로환동을 해도 잘 숨길 수 없는 것이 바로 눈빛이었다.

하지만 태인자가 보기에 눈앞의 동명이인은 결코 그 오랜 세월을 살아온 눈빛이 아니었다. 곁의 심옥당처럼 아직 젊은이의 생동감이 생생히 살아 있는 눈빛을 하고 있었다.

"그 문제라면 차츰 이야기할 기회가 있을 것이고. 조금 전 장문인께서 분명 본인이 올 줄 안다고 말한 것 같은데. 맞소?"

"맞소. 하나 그렇게 될 줄 예견한 사람은 본 장문인이 아니라 따로 있소."

"혹시……."

"시주가 생각하는 바로 그 분이요."

'역시…….'

유장천은 어떻게든 격동을 보이려 하지 않았지만 떨리는 몸을 주체하기 힘들었다.

삼 년…… 아니 육십 년이다.

하늘의 농간이든 아니든 본의 아니게 친우와 소식을 끊고 흘려보낸 세월이.

'운도. 역시 너는 그 오랜 시간 나를 기다리고 있었구나.'

왠지 이 사실을 태인자의 입을 통해 확인하자 그저 풍문으로만 들었을 때와는 그 무게가 달랐다.

그리고 이 마음을 태인자도 읽은 듯 바로 자리를 옮길 것을 제안했다.

"심 시주는 잠시 본 궁에서 기다리시오. 아무래도 그 분과의 만남은 여기 있는 유 시주 하고만 함께할 수 없을 것 같소."

"예, 그렇지 않아도 다시 산을 타기보다는 조금 쉬고 싶었습니다."

"이해해 주어 고맙소. 여봐라."

일전에는 그렇게 난리를 피워도 볼 수 없던 사람이 태인자의 한마디에 바로 대답을 했다.

"장문인, 부르셨습니까?"

"심 시주께서 쉴 수 있게 객당으로 안내해 드리도록 해라."

"예."

문이 열리고 이십대의 젊은 도사 하나가 심옥당이 나서길 문밖에서 기다렸다.

"주군. 저는 주군께서 돌아오실 때까지 객당에서 기다리고 있겠습니다."

"그래."

"그럼."

짤막한 인사를 끝으로 심옥당이 대기하는 젊은 도사를 따라 장소를 옮겼다.

"자, 그럼 우리도 장소를 이동합시다."

"앞장서시오. 그 뒤를 따르겠소."

태인자가 먼저 나서고, 그 뒤를 따라 유장천이 밖으로 나왔다.

그 후, 두 사람은 태화전에서도 더 높은 곳에 위치한 선인동으로 장소를 옮겼다.

❖

높은 산에 오르면 때론 한없이 올려다봐야 할 구름이 발밑에 머무를 때가 있었다.

선인동은 거의 곤륜산 정상 부근에 위치해 종종 그런 경우가 있었지만, 오늘은 오로지 한 개의 구름만 선인동 입구에 자리해 누군가를 기다렸다.

'사십 년의 아련함과 이십 년의 간절함. 결국 내 기다림은 이 두 가지가 합쳐져 미안함으로 바뀌었구나.'

어쩌면 앞으로 겪게 될 모든 건 송학자가 인세에서 매듭지어야 할 마지막 미련일 수도 있었다.

아마 이것만 떨쳐 낸다면 송학자는 분명 역대 선조들이 그래 왔던 것처럼 등선에 올라 더는 인세에 관심을 두지 않을 것이다.

"오거라. 내 마지막 시련이여."

이 말이 끝났을 때였다.

태화전에서 이곳으로 향하는 경사에 조금씩 사람의 그림자가 비치기 시작했다.

처음에는 머리, 그 다음에는 어깨.

차츰 완연한 형태를 이뤄 가는 그 모습은 모두 송학자에게 익숙한 모습들이었다.

"……!"

하지만 송학자가 오랜 시간 쌓아 온 수양으로 충격을 가누지 못할 정도로 한 사람의 모습은 너무도 의외였다.

그 오랜 세월 동안 하나도 변한 것이 없었다.

마치 지난 육십 년이 모두 송학자의 일장춘몽이라 말하는 것처럼 그는 그날 헤어지던 그때와 조금도 변하지 않았다.

"사숙. 명하신 대로 귀빈을 모시고 왔습니다."

만일 태인자가 중간에 말을 하지 않았다면 송학자는 하염없이 한 사람에게서 시선을 떼지 못했을 것이다.

"넌 이만 물러가거라. 손님과 단둘이 있고 싶구나."

"예."

"방해받는 일 없게 어느 누구도 이곳 근처에 얼씬거리지 못하게 하거라."

"예, 사숙."

굳이 명하지 않아도 그렇게 될 일을 꺼내자 태인자의 잠시 고개가 갸웃거려졌다.

하지만 송학자의 명이기에 그는 묵묵히 그 명을 좇아 빠르게 이곳을 벗어났다.

남은 것은 이제 둘.

육십 년이란 세월을 건너 만나게 된…… 한때 친우라 불리던 두 사람이었다.

"내가 미안해질 정도로 많이 늙었군."

"자네야말로 수도자인 나조차 미운 마음이 들 정도로 하나도 변하지 않았군."

"알다시피 우리 두 사람 헤어질 당시 내가 신혼이었잖아. 늙기보다는 더 젊어졌다 해도 과언이 아닐 정도로 한창 좋을 때였지."

"그래도 육십 년이나 신혼이란 말은 왠지 자네라도 믿기 어렵네."

"쳇! 역시 안 먹힐 줄 알았어. 아무리 맹물 같은 자네라도 이 정도에 믿어 주길 바라는 것은 무리겠지?"

"아마 뇌웅 그 친구는 믿어 줬을지도 모르지. 하나 풍개나 우사 그 친구였으면 한 친구는 진실을 불 때까지 찰거머리처럼 붙어 있었을 것이고, 또 한 친구는 바로 자네에게 독이라도 먹였겠지."

"그럼 자네라면?"

"나라면……."

이렇게 서두를 뗀 송학자가 처음으로 그 속을 알 수 없는 미소를 지었다.

"그저 자네가 먼저 입을 열 때까지 계속 기다렸겠지."

"망할!"

끝내 유장천의 입에서 욕설 비슷한 말이 튀어나왔다.

이 말에 송학자의 미소가 더욱 짙어지고, 유장천은 그대로 송학자에게 다가와 태인자가 봤으면 입에 거품을 짓을 망설임 없이 저질렀다.

손을 뻗어 태인자 도복 앞섶을 거칠게 틀어쥐었다.

"이 망할 자식아! 그래서 친우 세 명이 비명에 갔는데도 이렇게 처박혀 기다리기만 한 것이냐? 직접 나서 해결하든가, 정 안 되면 나라도 찾아왔어야지!"

하지만 유장천의 거친 기세에도 송학자의 미소는 조금도 흔들리지 않았다.

그 상태 그대로 하나하나 그 이유에 대해 짚어 나갔다.

"첫째도 자네 때문이고, 둘째도 자네 때문일세."

"……뭐?"

"자네를 기다리지 않고선 결코 이 문제를 풀 수 없으니까. 그리고 찾아갔지만 외면한 건 자네였네. 자네가 곡 앞에 쳐 놓은 그 절지. 나를 포함한 사우 누구에게라도 그 파훼법을 가르쳐 준 적 있는가?"

"그야……."

"자네 스스로 단절시킨 인연이고, 그로 인해 벌어진 인연이기도 하네. 결국 다 모든 게 다 자네 때문일세."

"운도!"

그렇지 않아도 이 문제에 대해 일전에 서문옥에게 비슷한 이야기를 들은 적이 있었다.

진 앞에서 목이 터져라 유장천을 불렀지만 그 어떤 대답도 없었다고.

하나 진이 이상하게 변했다는 걸 뒤늦게 안 유장천 아닌가?

하지만 그렇다고 이를 변명으로 댈 수 없었다.

뇌웅의 사체에서 이미 확인했듯 굳이 운도의 지적을 둘째치고라도 이 모든 건 분명 혈황 그 개자식과 연관이 있었다.

그렇다면 당시 확실한 마무리를 짓지 못하고, 외면하다시피 그 일을 방치한 유장천의 책임이 없을 수 없었다.

"빌어먹을……."

힘이 빠진 듯 유장천이 송학자의 앞섶을 놓았다.

"하나 자네 외에도 또 다른 한 사람이 반드시 이 일에 책임을 지어야 하네."

"설마 그럼 네놈이!"

슈아아아!

말리고 자시고 할 여유도 없었다.

한순간 유장천의 전신에서 뿜어진 기세가 그들 주변만 아니라 선인동 인근을 다 감싸 그 안에 있는 모든 것들을 갈기갈기 찢어 놓을 것만 같았다.

그리고 그 순간 조금씩 검게 물들어 가는 유장천의 미간.

조금 더 지나가 그 검은 부분이 마치 살아 있는 것처럼 가지를 뻗어 나가기 시작했다.

"갈!"

마치 거기에 찬물을 끼얹듯 송학자의 입에서 창룡후(蒼龍吼)가 터져 나왔다.

소림사의 사자후(獅子吼), 공동파의 복마신후(伏魔神吼)에 비견된 곤륜파의 파사음(破邪音)이었다.

다행히 충분히 찬물 끼얹는 효과를 발휘했는지 유장천의 미간에 생겨났던 검은 기운이 차츰 그 크기를 줄여 나가더니 종국에는 흔적도 없이 사라졌다.

더불어 유장천의 기세도 안개처럼 스러져 갔다.

"고맙네."

유장천은 왠지 부끄럽고 미안해 사과를 했다.

하지만 송학자는 조금 의외의 말을 꺼냈다.

"자네, 결국 감춰진 운명을 끄집어내고 말았군."

"……!"

"아니, 그보다는 자미성을 타고난 그분도 여기까지가 한계라고 해야 하나?"

뒷말은 거의 혼잣말에 가까웠지만 과거라면 모를까. 유장천은 이 말의 의미를 모를 수 없었다.

"그 말은 자네는 일찌감치 내 이런 비밀을 눈치채고 있었단 말인가?"

"그렇네. 하지만 말하지 않은 일은 모르는 일과 다르지 않네."

"대신 그런 걸 세간에서는 기만이라 부르지."

"반면 모르는 게 약이란 말로 달리 부르기도 하네."

이 이후로 둘은 눈싸움 아닌 눈싸움을 했다. 육십 년 만의 만남이 반가움보다는 왠지 점점 갈등으로 치닫고 있었다.

유장천은 거기에 하나 더 불을 지폈다.

"이것만 봐도 네놈은 그간 맹물인 척 하면서 우리 모두를 속인 거였어. 아마 속으로는 나머지 셋을 비웃기까

지 했겠지.”

하지만 송학자는 화를 내지 않고 처음으로 진심이 드러나는 환한 미소를 지었다.

“자네는 정말 외모만 그대로인 게 아니라 그 꼬인 성품마저 그대로군.”

“꼬이긴 누가 꼬여! 운도 너야말로 평소처럼 또 얼렁뚱땅 넘어가고 있잖아.”

“버릇일세.”

“그럼 꼬인 것도 내 버릇이다.”

“음…….”

막무가내는 송학자도 어쩔 수 없는지 끝내 고개를 저었다. 그래서 그는 화제를 바꿨다.

“조금 전 내가…… 우리 중 자네를 제외하고 한 사람이 더 책임을 지어야 한다고 했지.”

“그래, 바로 너. 나를 제외하고 유일하게 살아 있으니 바로 너밖에 없지.”

“왜 그렇게 생각하는가? 왜 자네는 자네와 나 말고, 우리 중 또 다른 누군가가 살아 있을 거란 생각은 왜 안 하는가?”

“…….”

순간 유장천은 너무도 예상 밖의 질문에 입이 달라붙어 말을 할 수 없었다.

"보이는 게 다 진실은 아닐세. 아니, 오히려 우리의 오감은 그 때문이라도 속이기 쉽네."

"설마 너는 지금……?"

"아마 자네는 이곳까지 오며 두 구의 시체는 직접 두 눈으로 보았을 걸세. 그리고 지금 이 순간 살아 있는 날 보게 되었지. 하지만 자네는 아직 나머지 한 사람은 보지 못했네."

"……!"

"내가 이십 년간 광인으로 살 수밖에 없었던 건, 나 또한 아직 내 두 눈으로 직접 보지 못했기 때문일세."

"운도. 너의 지금 이 말은 혈황 그 개자식이 이 모든 일을 꾸미지 않았다는 말보다 더 신빙성이 없어. 누가 뭐래도 그는 우리와 가장 가까운 사람이야."

"그렇지. 그렇기에 내가 이십 년간 광인 노릇을 할 수밖에 없었던 거네. 나를 누구보다 잘 아는 적을 피하는 길은 결국 그 눈에서 벗어나는 길이니까."

부르르…….

유장천은 조금 전처럼 분노가 전신을 꽉 채우는 기분

이었다.

지금 송학자는 절대 의심하지 말아야 할 한 사람을 의심하고 있었다.

그렇기에 그의 이런 얼토당토않은 논리에 조금 전처럼 분노를 폭발시키고 싶었지만, 그 상대가 또 송학자란 사실에 그렇게 할 수 없었다.

마치 얼음물 속에 들어가 화를 내는 것처럼 재가 되어 버릴 듯한 속내와 달리 겉은 차갑게 식어 가고 있던 것이다.

"그럼, 잘 생각해 보고 결정하게. 앞으로 내가 들려줄 이야기는 받아들일 준비가 안 되어 있으면 결코 믿을 수 없는 이야기니, 확실히 결론 내린 뒤 선인동으로 들어오게."

그 후 송학자는 유장천이 결론을 내릴 수 있도록 그를 선인동 앞마당에 홀로 버려 두었다.

유장천은 정말 이 순간 미치기 일보직전이란 말의 의미를 여실히 깨닫고 있었다.

'항아…… 차라리 평생 그 안에 있는 것이 더 나을 뻔했어. 정말…… 밖은 너무 힘들고 괴로워. 아니, 그 옛날 혈황을 상대할 때보다 더욱더 고통스러워.'

유장천은 혹 초항아의 웃는 얼굴을 떠올리면 나아질까 그걸 떠올리려 눈을 감았지만, 그려지지 않았다. 오히려 잔뜩 미안해하고 걱정하는 얼굴만 머릿속을 꽉 채웠다.

그 순간 알게 되었다. 이 모든 건 지난날 초항아에게 알게 모르게 준 고통과 괴로움의 결과일지도 모른다는 걸.

마치 아끼는 자식일수록 멀리 여행을 떠나보내라는 말처럼 운무곡을 벗어나니 그동안 못 보던 것이 새삼스레 눈에 들어왔다.

"후후, 받아들일 준비가 되었냐고? 좋아. 받아들여 주지. 하나 도저히 변명의 여지가 없는 거짓일 때에는 아무리 너라도 용서하지 않을 것이다."

유장천은 결정을 내리고 송학자가 사라진 선인동으로 걸음을 옮겼다.

선인동 내부는 선인이 거하는 동굴이란 이름과 달리 그냥 평범한 석동이었다.

인간의 손이 닿지 않은 자연이 만든 모습 그대로, 모르고 들어서면 일반 동굴과 별반 차이를 못 느낄 것이다.

먼저 들어선 송학자는 이 순간 선인동의 가장 끝에 위

치한 석대에 앉아 눈을 감은 채 좌정에 들어간 상태였다.

보기엔 이대로 지금 송학자가 앉아 있는 이곳에서 곤륜의 여러 선조들이 등선을 이뤄 선계에 이르렀다.

물론 이곳이 아니라도 곤륜에 산재한 여러 비밀 동굴들 중에는 알려지지 않은 그런 진실을 갖고 있는 것이 적지 않았다.

그런데도 유독 이곳만 선인동이라 곤륜파 내부에 있는 것은 그 옛날 곤륜산을 찾아 도를 이뤄 서왕모에게 불려간 자들이 대부분 이곳에서 수련을 해 불려 갔다는 전설이 있어서였다.

실제로 그랬는지 안 그랬는지 중요하지 않았다.

이 사실 하나만으로도 중요한 곳이기에 선인동은 곤륜 내에서 함부로 접근을 할 수 없는 곳이다.

이런 이유로 광증에 걸린 송학자가 이십 년간 여기에 머무르며 곤륜이 그 비밀을 감춰 올 수 있었다.

저벅.

"사람은 속이 뒤집어져 당장에라도 다 때려 부수고 싶은데. 역시나 팔자 좋게 잠이나 처자고 있구나."

"허허허."

하지만 송학자는 별 대꾸 없이 웃다가 가만히 눈만 떴다.

그 앞에 유장천이 찌푸린 얼굴로 내려다보고 있었다.

"앉지 그러는가? 나이가 들어, 올려다보려니 힘이 드는군."

"망할. 언제는 내가 늙지 않은 게 얄밉다더니."

툴툴대긴 했지만 유장천이 철푸덕 그 앞에 주저앉았다.

그제야 얼추 시선이 비슷하게 맞았다. 좌대가 그리 높지 않아 유장천보다 작은 송학자도 마주 시선을 맞출 수 있었다.

"결심을 했는가?"

"그래, 어차피 알려면 싫어도 해야 되잖아?"

"많이 괴로울 걸세. 수도자인 나조차 당시 그 고통을 견디기 어려울 정도였으니 말이야."

"됐어, 이제 와 생각해 주는 척은. 어차피 네놈 덕에 내 속은 이미 엉망진창이 된 뒤야. 그러니 괜히 뜸들이지 말고 입이나 열어."

"알겠네, 그렇게 하지."

이후 송학자는 마치 지난날을 반추하는 듯 눈을 감았다.

그래서 유장천도 전과 달리 재촉하지 않고 다시 그가

눈을 뜰 때까지 가만히 기다렸다.

"아마 그때가…… 우사, 그 친구가 삼백 년 전의 대살수 야래홍에게 당했다며 무림이 한창 시끄러웠을 때일 걸세. 나 또한 참지 못하고 곤륜산을 떠나 당문을 찾았지. 도착하니 이미 두 친구는 나보다 먼저 도착해 그 사인을 확인한 뒤더군."

이렇게 시작한 이야기는 이십 년 전 오랜만에 한 자리에 모인 사우들의 이야기였다.

❖

일검인 유장천이 은거하고 근 사십 년 만에 모두 한 자리에 모인 자리였다.

함께 혈황을 상대할 때와 달리 다들 주름도 늘고, 간간히 머리에 흰머리가 섞여 있었다. 더불어 각자가 속한 곳에서의 입지도 달라졌다.

그래서 사실 이렇게 몸을 빼기가 어려웠다.

아니, 이게 아니라도 유장천이 사라지고 난 뒤, 왠지 사우는 서로 잘 모이지 않았다.

그중에서 친한 우사 당철엽과 뇌웅 서문패는 간간이

서찰을 주고받아도 다른 이들은 그저 풍문에 들려오는 이야기들로 친우들의 소식을 접하고 있었다.

특히 가장 먼 곳에 살고 있는 운도는 그야말로 그 소식조차 알기 어려울 정도로 두문불출이었다.

그래서 함께 셋이 모였음에도 과거처럼 그다지 편한 공기가 흐르지 않았다.

일단 한 사람의 죽음이 다들 마음 한구석을 무겁게 했고, 또 세월이 불러온 어색함도 거기에 한몫을 했다.

그래도 언제나 가장 유들거리던 풍개 소걸아였기에 그가 먼저 침묵을 깼다.

“다들 괜히 봤다는 생각이 들 정도로 보기 싫게 늙어버렸군.”

“하지만 이게 또 순리인 법이지.”

송학자가 말을 받고, 자연히 그때까지 침묵을 지키고 있는 서문패를 바라보았다.

“이상해.”

그 순간 열리지 않을 것 같던 그의 입이 열었다.

“뭐가 말이야?”

소걸아가 그 말을 받았다.

“그거야 무림 제일 정보통인 네가 알아봐야지. 대체

이게 말이 된다고 생각하느냐? 삼백 년 전의 대살수 야래홍의 살해 수법이라니. 대체 그가 갑자기 무덤에서 살아나 우사 저놈을 죽이기라도 했단 말이냐?"

"아니겠지. 아마 우연히 그의 진전을 이은 자이거나 후인의 작품이겠지."

"개소리!"

쾅!

참지 못하고 서문패가 탁자를 내려쳤다.

그래도 깨부술 생각은 없었는지 크게 흔들렸을 뿐 박살 나거나 하지 않았다.

"그럼 자네는 대체 누가 우사를 죽였다고 생각하는가?"

송학자의 말에 서문패가 망설이지 않고 답했다.

"당연히 혈황 그 개자식이겠지. 세상에서 그놈만큼 우리 넷을 죽이고 싶은 놈이 누가 있을까?"

사십 년의 세월도 결코 서문패의 성격만큼은 어쩌지 못한 듯했다.

그의 망설임 없는 쌍욕에 소걸아가 잠시 씁쓸한 미소를 보이다 입을 열었다.

"하지만 그자는 사십 년 동안이나 그 흔적을 드러내지

않았잖아. 그런 자가 이제와 살수 흉내를 해 우사를 죽인다? 이는 비약이 심해도 너무 심한 이야기지. 아니, 그전에 그가 과연 죽이고도 우리들의 시신을 그냥 둘까? 아마 잘게 다져 개밥을 준다고 해도 과언이 아니지."

"그럼 대체 누가 우사를 죽였다는 거야? 일검, 그놈이 봤으면 당장 못 막은 우리 셋을 두드려 팬다 난리를 칠 일이라고."

두려워서라기보다는 서문패의 말에 담긴 의미는 비교할 수 없는 미안함이었다.

사우끼리의 관계는 둘째치고라도 일검과 사우의 관계는 친우이며 은근히 상하 관계가 섞여 있었다.

일단 유장천의 사문이 검신의 건곤일맥인 점도 있었고, 유장천 자체의 능력만 해도 여기 있는 자들 누구보다 뛰어났기 때문이다.

"그러니 그전에 우리가 이 일을 해결해야지. 알리는 건 그 후에 해도 관계가 없네."

송학자가 다시 한 번 참았던 입을 열었다.

언제나 허허거리던 그라도 때론 당철엽보다 뛰어난 오성을 보여 주던 그였다.

"그래서 방법은 무언가?"

소걸아의 물음에 송학자가 가장 원론적이면서 가장 확실한 답을 내놓았다.

"일단 야래홍의 흔적부터 추적하세. 그 흔적을 쫓다 보면 누구와 연결되었는지 대충 윤곽은 나오겠지."

"할 수 없군. 지금으로서는 그게 최선이니. 그 일은 내가 개방 전 거지를 풀어서라도 수소문해 보지."

그 후 세 사람은 새로운 사실이 나올 때 다시 모이잔 말을 끝으로 송학자는 곤륜으로 돌아가는 것을 뒤로하고 나름 천하를 떠돌며 야래홍에 대한 단서를 찾았다.

하지만 이듬해 단서는커녕 사우 중 두 번째 인물의 죽음을 맞이하게 되었다.

❖

"당시 야래홍은 살수라 그렇다 쳐도 문제는 그 다음에 일어난 풍개의 죽음도 마찬가지였지. 분명 그 살해 수법은 전해져 오는 잔풍마조의 그것인데. 놀랍게도 그 또한 살수인 야래홍처럼 전혀 흔적이 남아 있지 않았네. 명색이 한때 사파제일인으로 군림했던 그조차 말일세. 점점 누군가의 농간이 여기에 개입되었단 생각이 점점 커져만

갔지."

"하지만 이 정도로는 결코 놈을 의심할 결정적인 증거는 되지 못한다."

"물론일세. 나 또한 이 정도로 자네를 설득시키려는 생각은 없네. 문제는 그 다음에 벌어졌네."

잠시 현실에 머물렀던 송학자의 이야기가 다시금 과거로 넘어갔다.

❖

당철엽에 이은 소걸아의 죽음.

남은 사람이라곤 서문패와 송학자. 거기에 증거라고는 오리무중이라고 밖에 말할 수 없는 그 옛날 한 시대를 풍미했던 절대자들의 살해 흔적.

"으아아아!"

괴성과 함께 대검에서 뿜어진 검강들이 돌산을 그대로 강타하기 시작했다.

콰강! 콰가가가앙!

그럴 때마다 마치 석공의 손을 탄 것처럼 돌 조각들이 우수수 쏟아져 내렸다.

하지만 아직 다 무너져 내리기엔 돌산의 크기는 거의 전각을 그대로 옮겨 놓은 듯 커다랬다.

결국 이 정도로는 안 되겠다 싶었던지 이런 일을 벌이던 자가 들고 있던 대검에 내공을 주입하기 시작했다.

우우우웅.

검이 당장에라도 부서질 것처럼 거칠게 요동쳤다.

그 순간 검끝을 타고 오르는 푸른색 아지렁이.

아지랑이는 자라고 자라 대검의 몇 배나 되는 크기로 자라났다. 그래서 검을 들고 있는지 아니면 통나무를 들고 있는지 분간이 안 갈 정도였다.

서문패는 그 상태로 허공을 날아올라 그대로 눈앞의 돌산을 향해 몸을 날렸다.

푹!

마치 두부에 칼을 꽂아 넣는 것 같았다. 아무런 저항 없이 깊게 박힌 대검의 손잡이만 유일하게 밖에 남아 있을 뿐.

"하아앗!"

이제까지의 괴성과는 비교도 안 되는 외침이 서문패의 입에서 뿜어져 나왔다.

그 순간.

콰직, 콰자지직.

검이 박힌 주위로 균열이 일기 시작하더니, 그 큰 바위가 끝내 산산이 부서져 무너져 내리기 시작했다.

그제야 뭔가 막힌 가슴이 뚫린 듯 서문패가 긴 한숨을 내쉬었다.

"휴우……."

"역시나 자네의 그 무식한 용력은 따를 자가 없군."

긴 한숨 뒤에 따라 붙는 나직한 한마디.

이미 누군가 곁에 있다는 사실을 알고 있었기에 서문패는 별 놀라움 없이 상대를 돌아보았다.

당철엽에 이은 소걸아의 죽음에 대한 단서를 찾겠다고 떠돌던 송학자였다.

확실히 그간의 고단함이 어땠는지 말하듯 도복은 낡고, 엉클어진 머리와 수염이 차마 옛 모습을 떠올리기 힘들었다.

"도 닦는 인간 꼴이 말이 아니군. 그래서야 어찌 선계에서 받아 주겠느냐?"

"물론. 어차피 등선은 모든 걸 다 버려야만 이룰 수 있는 도의 끝. 지금 육신도 결국 훗날에는 버려질 터, 얼룩지든 더럽혀지든 그게 무에 중요하겠는가?"

"고리타분한 도 강의는 집어치우고, 그래 뭔가 좀 알아냈나?"

서문패는 편히 듣겠다는 듯 근처의 무너진 바위조각으로 가 엉덩이를 붙였다.

송학자도 망설임 없이 한 돌 위에 걸터앉아 그가 그토록 듣고 싶어 하는 이야기를 들려주었다.

"알아냈네."

"……!"

바로 서문패의 고리눈이 강렬한 안광을 토해 냈다. 그 상태로 그가 송학자를 재촉했다.

"어서 자세히 이야기해 보게."

"일단 결론부터 말하자면 분명 그 둘은 누군가의 의도로 살해된 것이네."

"그거야 이미 천하가 다 아는 이야기고. 대체 그래서 그 흉수가 누구인데?"

"일단 들어 보게. 엄연히 짐작하는 거랑 확정짓는 건 다른 문제니."

"으으……."

서문패는 이 순간 참는 일이 그 무엇보다 어렵다는 듯 연신 몸을 떨어 댔다.

그런데도 송학자의 음성은 처음에 비해 조금도 격앙되거나 빨라지지 않았다.

그저 흐르는 물처럼 둘 사이를 지나고 있었다.

"우사의 경우는 의심할 여지없이 야래홍의 일점홍이 그 정확한 사인일세. 여기서 문제는 이 정확한 사인으로 인해 오히려 그 범인을 확정지을 수 없는 문제가 발생한다는 거네."

"그게 다 무슨 뜻이야? 일점홍이 사인이란 말은 달리 말해 야래홍이 범인이란 뜻이잖아."

"그건 단순하게 봤을 때나 그런 것이지 더 자세히 들여다보면 맞지 않은 말일세. 이런 경우의 진짜 범인은 만에 하나 야래홍이 살아 있단 가정을 두고서라도 그가 아닌 그에게 사주한 누군가가 범인이 되는 법일세. 자네도 알다시피 살수는 누군가의 청부에 의해 움직이는 자들 아닌가? 당연히 이날까지 남녀노소조차 밝혀지지 않은 야래홍이니만큼 그 배후를 알아내는 것은 불가능에 가깝다는 소릴세."

"음……."

"반면 풍개의 사인인 잔풍마제의 잔풍마조는 다르네. 결코 야래홍의 경우가 같을 수 없지. 누가 뭐래도 그는

이백 년 전 사파제일인으로 통하던 자이니까. 이름만 알려진 살수 야래홍과 달리 많은 부분이 드러날 수밖에 없네. 하지만……."

"하지만?"

"없었네. 마치 야래홍처럼 아무것도 찾을 수 없었네."

"뭐!"

"백 년 전 마교 준동 당시, 마지막 전인이 마교의 사대신마와 싸워 목숨을 잃은 것이 흔적의 마지막이랄 수 있네."

사파와 마교의 관계는 참으로 애매했다.

마교라면 무조건 적대시하는 정파와 달리 어떤 이들은 그들과 손을 잡고, 또 어떤 이들은 정파처럼 그들의 존재 자체를 거부했다.

오히려 때에 따라 손을 잡을 정도로 이백 년 전에는 잔풍마제가 무적검제와 손을 잡고 그를 물리쳤듯 그 후예도 마찬가지다. 이는 일종의 사파제일이란 자존심이 작용한 결과였다.

"그렇다면 마교가 범인이란 소리인가?"

패해 목숨을 잃었다면 자칫 그 유진이 마교의 손에 들

어갈 수도 있었다.

하지만 송학자의 고개는 조금도 망설임 없이 좌우로 내저어졌다.

"그렇기에는 이제껏 마교가 보여 준 행보와는 너무 차이가 있네. 그들은 그 오랜 세월 누군가를 암습하거나 하지 않았네. 당당히 정면대결을 통해 자신들의 존재 가치를 입증해 왔지. 이제와 갑자기 방식을 바꿨다는 것은 이해하기 힘드네."

"하지만 인간은 바뀔 수 있잖아. 어차피 늘 무림을 쑥대밭으로 만든 그들이라면 충분히 그럴 수 있지."

"하나 올해는 그들이 늘 지켜 왔던 백 년째 돼 가는 해가 아닐세. 그들이 준동하려면 아직 이십 년이란 시간이 더 필요하네."

"빌어먹을!"

결국 백 년 주기란 말에는 서문패도 더는 고집을 부리지 못했다.

한두 번 그랬다면 모를까. 근 오백년을 이어 온 일이다보니 더는 우길 방도가 없었다.

"대신 이로 인해 범인은 마교에서 비학을 빼 올 수 있고, 아니, 혹 당시 마교 손에 들어가지 않더라도 오랫동

안 그 흔적을 지을 수 있을 정도로 능력이 있다는 것이 입증되었네. 이쯤 되면 자네 떠오르는 사람이 있지 않는가?"

"혈마 위지악!"

혈마 위지악.

후에 혈황으로 바뀌긴 했지만, 이들에게 강렬히 남은 흔적은 혈마였다.

그리고 여기에는 천하가 모르는 오로지 유장천과 사우들만 아는 비밀이 있었다.

❖

"아직도 기억하고 있었군."

유장천의 한마디가 다시금 송학자를 과거에서 현실로 끌어내렸다.

"물론이지. 자네의 그 말은 당시 우리 모두에게 너무 충격적이었으니까. 대신 너무 충격적이라 차마 입 밖에 꺼내기 힘들었지."

"하긴 나도 그 이야기를 위지악 본인에게 직접 듣고도 믿지를 못했지. 만일 그 말이 사실이라면 마교가 철저히 천하를 우롱하고 있단 뜻이었으니까."

"그러기에 마교가 오래토록 두려움의 상징으로 통하는 것 아니겠는가?"

"그렇지. 천마와 혈마. 이 둘이 마교를 지탱하는 두 개의 기둥이란 사실을 누가 짐작이나 했을까?"

만일 이 말이 진실이라면 진정 엄청난 이야기였다.

이제껏 마교는 무학대종사 달마와 비견되는 마도대종사 천마에게서 이어져 내려오고 있다 알려졌다.

그런데 그에 버금가는 혈마란 존재가 또 있다면, 만일 그 둘이 동시에 무림에 모습을 드러낸다면 어떨까?

아무리 오랫동안 그들의 앞길을 막아 온 자미성의 후예도 결코 그 합일된 힘 앞에서는 버티지 못했을 것이다.

"그나마 다행인 것은 혈마는 마교 수호신일 뿐, 결코 밖으로 나오지 않는다는 사실이지. 위지악 그놈이 제가 쥔 칼을 거꾸로 향하지만 않았다면 절대 알려지지 않았을 거야."

유장천의 추가적인 한마디로 왜 천하가 그토록 그의 손에 농락당했는지 입증이 되었다.

아무리 마교에게 농락당한 지 사십 년밖에 흐르지 않았다 해도 혈황의 발아래 천하가 거의 무릎을 꿇릴 뻔했다는 것은 이런 배경이 없고서는 무리인 이야기였다.

본시 드러난 것보다 숨겨진 것이 더 많은 무림이었고, 알려진 고수보다 심산유곡에 은거한 고수들이 더 뛰어난 곳이 무림이기 때문이다.

"아마 조만간 자네로 인해 모든 것이 다 제자리를 찾을 걸세."

'응?'

너무도 갑작스런 말이라 유장천은 송학자의 이 말이 바로 이해가 가지 않았다.

"그게 무슨 뜻이지?"

"자네의 감춰진 운명, 이미 그 운명이 천살성과 연관되었단 사실을 알아내지 않았는가?"

"그래. 한데 네놈은 대체 언제 그 사실을 알게 된 것이냐?"

"사실 나도 자네의 그 비밀을 안 지 얼마 안 되었네. 일전에 꿈에 자네 사부가 날 찾아와 귀띔 해 주시더군. 조만간 당신 평생 가장 골칫덩이 제자가 다시 세상에 나올 텐데. 당신 살아생전에도 그렇게 말을 듣지 않던 놈이라 아마 결국 일을 저지르고 말 것이라고. 그러니 친우인 네놈이 잘 돌봐 주라고."

"……."

유장천은 뭐라 말을 하지 못했다.

만일 이 말을 하는 송학자의 얼굴에 조금의 장난기라도 있었으면, 감히 지금 누구를 가지고 농을 하냐고 화라도 냈겠지만, 너무도 평온해 정말 진실처럼 느껴지기까지 했다.

"결국 도 닦는 사람들끼리는 통하는 게 있단 말이지?"

"걱정 말게. 자네 사부는 자네에 대한 걱정 빼고는 선계에서 편히 잘 계시니."

"망할 놈. 하필이면 이 시점에 사부 이야기는 꺼내서……."

"그러라고 내 꿈에 나오신 걸세. 훗날 이에 대해 자세한 속사정을 듣고 갈 나를 통해 자네를 보려고."

"그보다 정말 잘 계셨나?"

"물론. 만에 하나 자네가 그분의 마지막 후회로 남지만 않는다면 말이지. 아마 그랬다간 그분은 당장 선계가 아닌 지옥으로 떨어질 걸세!"

"……!"

말을 하는 송학자의 표정이 너무도 엄중하고 딱딱해 유장천마저 순간 등골이 서늘해지는 기분을 맛보았다.

하지만 뭐라 입을 열 수 없었다.

꿈에 사부를 만났다는 그 말처럼 정말 그렇게 될지도 모른다는 불길한 예감이 들었기 때문이다.

"그러니 지지 말게. 하늘은 결코 인간이 이겨 낼 수 없는 시련은 내리지 않는 법이니."

이번에는 부드러운 미소와 함께 말을 해 정말 유장천은 이 인간이 진짜 자신이 아는 그 맹물인가 하는 생각이 들었다.

피식.

하지만 왠지 이 말로 힘이 나는 것도 사실이었다.

"지금 감히 누구에게 훈계를 하는 거야? 나 누군지 몰라? 유장천이야, 유장천!"

"허허, 그렇지. 자네는 하늘과 땅 유일한 존재라는 건곤유일이란 별호를 가진 자이지."

"알면 됐어."

건곤유일검 유장천.

세월이 흘러 건곤무제로 승격했다고 하더라도 이 둘 사이에는 여전히 일검이고, 운도일 뿐이다.

"자, 이제 사설은 이쯤에서 그만두고 결론을 내지. 그래서 자네가 풍개 그놈을 의심하는 진짜 이유, 이제 밝힐 때가 된 것 같은데."

이미 죽어 시체조차 남지 않았을 그가 직접적으로 둘 사이에 언급되는 순간이었다.

3

비사(秘事)

"직접 보게."

송학자가 이제까지와 달리 말이 아닌 품속에서 빛이 바랜 서찰 하나를 꺼내 유장천에게 내밀었다.

"이건?"

끄덕.

다시 한 번 직접 보라는 듯 송학자가 고개를 끄덕였다.

하지만 유장천은 선뜻 서찰을 받아 펼쳐 보지 못했다.

분명 이 안에 그토록 알고 싶으면서 알기 싫은 그 내용이 적혀 있을 것이다.

그렇다고 외면할 수 없는 건 출도 후 제일 먼저 접하게 된 뇌웅 그가 남긴 문구 때문이다.

—너라면…… 너라면 알 것이다.

'정말 너희들은 그토록 내가 알기를 바라는 것이냐?'

그러나 천천히 유장천의 손은 송학자가 내민 서찰을 향해 뻗어지고 있었다.

결국 서찰의 한 귀퉁이가 그 손끝에 닿았고, 유장천도 포기하는 심정으로 서찰을 넘겨받아 그 내용을 살펴 갔다.

—아마 우리 중 누군가 배신자가 생긴다면, 그는 반드시 풍개가 될 걸세.

다른 자도 아닌 자네에게만 은밀히 이런 서찰을 전하는 것은 뇌웅 그 친구는 믿지 못할 것이고, 일검 그 친구는 믿으려 하지 않을 것이기 때문일세.

그래서 자네밖에 없네. 자네는 우리 중 어느 누구도 믿지 않으니 오히려 그래서 자네를 더 신뢰할 수 있다고 해야 할까?

적어도 자네는 흔들림 없는 그 눈으로 모든 걸 있는 그대로 지켜보지 않는가?

그러니 만에 하나 내게 무슨 일이 생겼을 때는 자네가 나서 뇌응과 일검을 지켜 주게.

하지만 우리 모두가 별 사고 없이 천수를 누린다면 이 서찰은 그저 평소 의심 많은 내 노파심이라 여기고 잊어버리게. 내 일부러 풍개를 왜 의심하는지 적지 않은 건 바로 그 이유 때문일세.

모년 모월 모일 우사 당철엽.

부르르.

유장천의 손이 학질이라도 걸린 것처럼 부들거렸다.

'우사…….'

서찰에 적힌 필체는 틀림없는 당철엽의 그것이었다.

한때 초항아를 꼬시기 위해 종종 연애편지를 부탁했던 유장천이었던지라 절대 착각할 수 없었다.

"이…… 이걸 언제 받았느냐?"

가까스로 유장천이 이 한마디를 내뱉었다.

"아마 그가 죽기 두 달 전쯤 되었을 걸세. 이 먼 곤륜까지 그 친구가 사람을 보냈네. 서찰은 바로 그때 온 사람을 통해 내게 전해진 것이지. 처음엔 나도 자네와 마찬가지였네. 왜 그가 나에게 이런 것을 보냈을까? 정말 내용대로라면 그 또한 나를 믿지 않는다는 소리인데. 그래서 난 하산해 당문을 찾아가게 되었네. 그가 죽었다는 소식은 가던 중에 듣게 되었지."

하지만 이 뒤에 이어진 유장천의 말은 말속에 담긴 특정한 부분을 꼬집는 것이었다.

"넌 정말…… 우리를 믿지 않았느냐?"

슬픔도 그렇다고 분노도 아닌 공허함만 그 안에 가득 담겨 있었다.

"믿는다라……."

그에 반해 말을 받는 송학자의 음성에는 별다른 감정의 색채를 찾아보기 힘들었다.

"돌도 믿고 나무도 믿는다면 난 분명 자네를 믿었네."

"……!"

선문답과도 같은 말이어선지 유장천의 미간이 보기 싫게 일그러졌다.

"그럼, 이번에는 내가 묻겠네. 자네는 우리 사우를 자네 사부만큼이나 믿었는가?"

"……."

일그러졌던 유장천의 미간이 힘없이 풀렸다.

이런 유장천의 변화를 두고 송학자가 말을 이어 갔다.

"그것과 같네. 믿음은 무언가 기준을 세우기 시작하면 사실 없는 것과 같지. 돌과 나무처럼 그마저도 믿을 수 있을 때 진정한 의미의 믿음이 되는 걸세."

"결국 말장난일 뿐, 넌 우리를 믿지 않았다는 소리군."

"대신 난 인연이란 두 글자로 우리 사이를 말하고 싶네. 믿음과 달리 깊건 얕건 어차피 그건 인연일 뿐이니. 다만 혈황과 쌓은 악연과 달리 난 그걸 선연이라 부르겠네. 선계에 들기 전 반드시 매듭지어야 할 바로 그런 인연 말일세."

"빌어먹을! 이래서 난 네놈을 맹물 이상으로 볼 수 없어. 무슨 나오는 말이 죄다 뜬 구름이니."

"허허허. 그래서 내가 운도 아니겠는가?"

더는 안 되겠다 싶어 유장천은 이마를 짚었다.

그래도 어찌 이런 부분 때문에 당철엽의 말처럼 그가 믿음직스러운지 몰랐다.

적어도 송학자는 사사로운 감정에 휩싸여 무언가를 저지르지 않을 테니 말이다.

"좋아, 그건 그렇다 치고. 너는 이것 때문에 풍개가 살아 있는 것도 모자라 그가 이 모든 일의 주범이라고 믿는 것이냐?"

여 보란 듯이 유자천이 서찰을 송학자에게 내밀었다.

"믿지 않네. 다만 유일하게 그만이 그 죽음에 대해 많은 의혹이 있다는 것이지. 그것이 확실해지지 않는 이상 이번 일은 결코 해결할 수 없단 뜻일세."

"아니, 적어도 뇌웅은 내게 자신이 죽인 범인이 누구인지 확실히 전했어."

"……?"

"혈황 위지악! 뇌웅 그 친구는 바로 놈의 혈화쇄혼인에 숨이 끊어졌으니까."

"오히려 그 한마디로 더 확실해졌네."

"뭐?"

"자네, 뇌웅을 아무 흔적도 남기지 않고 일초에 죽일 수 있나?"

"그야……."

일전의 야수궁주만 빗대 보아도 아무런 흔적도 없이 일초에 죽이는 것은 무리였다.

"무리야."

"그럼 혈황과 직접 싸운 자네가 보기에 어떤가? 혈황에게는 그럴 능력이 있는가?"

"불가! 나한테도 깨진 그 개자식이 무슨 날고 기는 재주가 있다고."

"그런데 뇌웅 그 친구는 아무런 싸움의 흔적도 없이 살해당했네. 하나 그러기 위해선 몇 가지 조건이 붙네. 첫째, 상대의 압도적인 무위에 겁을 먹어 손가락 하나 까닥하지 않거나, 둘째, 전혀 예상치 못한 암습을 당하거나, 마지막으로 셋째…… 믿던 누군가에게 배신을 당했을 때뿐일세."

"……!"

유장천은 굳이 송학자가 뒤에 말을 조금 끌지 않았어도 어떤 경우인지 바로 알 수 있었다.

첫째는 뇌웅 성격상 꿈도 못 꿀 일이고, 둘째 사인이 혈화쇄혼인 이상 결코 암습은 아니었다. 남은 건…… 오로지 하나, 세 번째 배신뿐이다.

그런데도 유장천은 쉽게 인정하지 않으려 했다. 당철엽의 서찰에도 적어 놓은 것처럼 좀 체 믿으려 하지 않았다.

그래서 송학자는 흘러가듯 한 마디를 들려주었다.

"혈화쇄혼인이 혈황의 전유물이라 생각하지 말게. 배신에 대한 대가라면 그만한 가치 있는 물건도 없을 테니 말이야."

우두둑.

움켜쥔 유장천의 손에서 뼈가 부러져 나갈 것 같은 소리가 들렸다.

"만일!"

송학자를 바라보는 유장천의 눈이 뜨겁게 타올랐다.

"이 모든 게 다 네놈이 풍개에게 뒤집어씌우기 위한 계략이라면 각오해야 할 것이다. 네놈은 물론, 네 사문인 곤륜파까지 그 대가를 치르게 될 것이니."

"명심하지."

"젠장!"

유장천이 더는 못 견디겠다는 듯 바로 선인동 밖으로 뛰쳐나갔다.

그 모습을 바라보는 송학자의 눈에 처음으로 슬픔 감정이 내려앉았다.

'운명은 거스르면 거스를수록 더더욱 고통스럽게 자네를 괴롭힐 걸세. 자네가 지옥이라 불렀던 어린 시절의 몇 배나 되는 고통으로 말이야. 때문에 유독 자네가 맺

게 된 인연에 연연하는 것을 잘 아네. 하지만 인연에는 오로지 선연만 있는 게 아닐세. 악연도 있고, 악연을 가장한 선연도, 또, 선연을 가장한 악연도 입는 법이네. 그러니 연연하지 말게. 어차피 그 인연 중에 어떤 것도 영원한 것이 없으니 말일세.'

❖

밖으로 나온 유장천은 혹시라도 자신이 잘못 읽은 부분은 없는가 한 번 더 서찰을 꼼꼼히 살폈다.

하지만 몇 번을 다시 읽어 봐도 확인할 수 있는 건 결코 잘못 읽지 않았다는 점뿐이다.

오히려 읽으면 읽을수록 왜 당철엽은 풍개를 의심해 송학자에게 이런 서찰을 보낸 것일까? 당당히 서찰에는 그를 믿지 않는다면서, 아니, 그 때문에 믿는다 했던가?

'하지만 대체 왜 풍개가 배신을 하느냔 말이다!'

혹 제 손으로 구한 세상의 주인이 되지 못해서? 아니면 애초 혈황이 심어 놓은 간세라서? 이도 아니면 단순하게 사우의 나머지들이 미워서?

"우사…… 너는 대체 그에게서 무얼 본 것이냐?"

하지만 아무리 사람의 생각을 전하는 서찰이라도 적힌 것 이상의 내용을 전할 수는 없었다.

"하지만 내가 아는 너는 결코 누군가를 함부로 모함하고 의심할 사람이 아니었다. 혹 나나 풍개라면 모를까?"

화르르륵.

유장천이 일으킨 삼매진화가 순식간에 서찰을 재로 만들었다.

"그래서 나도 결국 그를 의심할 수밖에 없구나. 너나 운도의 말이 아니라도 난 본래 그런 인간이니."

산 정상 부근이라 그런지 불어온 바람이 순식간에 재를 몰아 하늘 저편으로 사라졌다.

"그러니 하늘에서 지켜봐다오. 내가 어떻게 적들에게 처절한 복수의 칼날을 내리는지. 운도."

그 무렵 송학자가 선인동을 벗어나 유장천이 하는 모든 것들을 말없이 지켜보고 있었다.

"말하게."

"광인 짓은 이제 끝이 났느냐?"

"자네가 오는 걸 보고 오늘 부로 끝을 냈네."

"허면 복수할 준비는?"

"복수는 하지 않을 것이네. 단……."

갑자기 송학자의 모습이 변하기 시작했다. 백발이던 머리가 검게 물들고, 주름투성이었던 얼굴이 팽팽함을 자랑했다.

"내가 그 친구들과 맺었던 인연의 증거로 그 넋은 달래 줄 걸세."

"그간 그저 미친 척 놀고먹고만 있었던 것은 아니군. 이젠 붙어도 이긴다 장담 못하겠어."

"후후, 그래야 내가 그 오랫동안 자네를 기다린 보람이 있지 않겠나?"

늙수그레한 목소리도 점점 낭랑하고 힘 있게 바뀌었다.

"그래도 그건 사기지. 어찌 진짜 젊음과 같을 수 있을까?"

"그렇게 말하는 자네야말로 사기지. 어떻게 한순간 육십 년이란 세월을 건너뛴 것처럼 하나도 변하지 않았나?"

"빨리도 물어보는군."

"지금도 늦지 않았다고 보네만. 아니, 오히려 이런 사적인 질문은 이쯤이 더 알맞네."

"하늘이 돌더군."

"하늘이 돌아?"

"그러더니 육십 년의 세월이 사라져 버렸어. 한순간에 곡 안과 곡 밖의 시간이 달라진 거지."

"……."

이제껏 한 번도 흐트러진 모습을 보이지 않던 송학자마저 결국 기가 막히단 표정을 했다.

'설마 지금 이승과 저승의 경계처럼 시공이 왜곡되었단 말인가? 말도 안 된다. 어찌 그런 일이…….'

송학자는 곧 고개를 저어 그런 생각을 부정했다.

고개를 설레설레 젓던 송학자는 더는 깊게 생각지 않았다.

애초 이는 말이 되지도 않고, 그러한 일에 매달릴 여유가 없었다.

게가다 결정적인 건 그 다음에 이어진 유장천의 말이었다.

"그보다 혈황의 무덤을 가리키는 장보도가 발견되었다."

"……!"

이는 한순간에 육십 년을 잃어버렸단 말보다 더욱 충격적이었다. 오히려 혈황이란 직접적인 존재가 연관되어서 더 그렇게 느껴졌다.

"직접 보게."

마치 일전의 누군가를 따라하듯 유장천이 품속에서 둘둘 말린 양피지를 꺼내 송학자에게 내밀었다.

다만 송학자는 누구처럼 망설이지 않고 바로 그걸 받아 펼쳐 보았다.

"……."

잘게 떨리는 송학자의 눈가.

해중지천(海中指天) 천명귀래(天命歸來)

망망중원(茫茫重寃) 관철골의(貫徹骨意)

바다 한가운데에서 하늘을 가리키며, 다시 돌아갈 것을 천명하니. 아득하고 아득함이 더욱 원통함을 키워, 죽어 뼈만 남은 의지라도 기어코 관철되리.

이 글을 적은 이의 마음이 어떠한가 절절이 느낄 수 있는 그러한 내용이었다.

하지만 더 마음에 걸리는 것은 여기에 그려진 것들이 얼토당토 하지만은 않았고, 만든 시기도 일, 이 년이 아닌 십, 이십 년은 족히 되어 보렸다.

"어디서 이걸 얻었는가?"

"자세히 이야기하려면 길고…… 한마디로, 우연찮게 주웠지."

"한데 자네 이를 얼마나 믿는가?"

"믿지 못하니 직접 가서 확인해 봐야겠지."

"음……."

정말 완전 계륵이나 다름없었다.

믿으려니 그다지 와 닿지 않았고, 무시하려니 무척이나 찜찜했다.

결국 유장천의 말처럼 직접 눈으로 확인하고 그 진의 여부를 가리는 것뿐.

"그렇다면 자네 혼자 확인하게. 난 따로 할 일이 있으니."

"어차피 나도 그럴 생각이었어. 이곳까지 오며 꽤나 여러 곳을 들쑤셔 놓아 차라리 혼자가 편해."

"좋네, 그럼. 각자 일을 보고 내년 사월 첫째 날에 무한 황학루에서 보는 걸로 하세."

"그렇게 하지."

"그리고 이건 내 사질에게 전해 주게. 아마 자네가 필요한 일이라면 이것저것 챙겨 줄 걸세."

말끝에 송학자가 서찰 한 통을 건네 왔다.

“왜 직접 전하지 않고?”

“내 본의 아니게 근 이십 년간 그 아이를 마음 고생시켰네. 내가 직접 모습을 드러낸다는 건 거기에 무거운 짐만 더 지우는 꼴이지. 그저 자네와의 만남 이후로 속세에 대한 미련을 버렸다 하게.”

“지금 나보고 네놈이 등선했다는 거짓말을 하라고?”

“거짓말이 아닐세. 이 일만 끝나면 그간 미뤄 왔던 그 길에 바로 들 생각이니.”

“얼핏 들어선 등선이 무슨 등산인 줄 알겠네.”

“후후. 그럼, 뒷일은 부탁하네. 다시 만날 때까지 어디 가서 맞고 다니진 말고.”

“뭐 맞아? 운도, 운도! 이 자식아.”

그러나 송학자는 뒤도 돌아보지 않고, 선인동에 이어진 낭떠러지 아래로 망설임 없이 몸을 던졌다.

“미친…….”

이라고 하기에는 송학자의 신형은 한 마리의 고고한 학처럼 또는 구름 속을 노니는 용처럼 그렇게 하늘을 날아 저 멀리 사라져 갔다.

보고 있으려니 유장천은 헛웃음밖에 안 나왔다.

"허참. 저러니 당장에라도 선계에 들 수 있다 자신하는 거겠지."

극성을 넘은 운룡대팔식은 진정 마음만 먹으면 정말 그렇게라도 할 것 같았다.

"그래도 부디 다른 놈들처럼 말도 없이 훌쩍 떠나진 말아라."

이 말을 끝으로 유장천도 선인동을 떠나 다시 곤륜파의 본 당인 자미궁으로 향했다.

유장천이 다시금 홀로 태화전을 찾았을 때, 그를 반긴 태인자의 표정은 그다지 밝지 않았다.

뭐 때문인지 처소에서 쉬고 있어야 할 심옥당도 함께인 채였다.

이외에도 처음 보는 날카로운 인상의 노도사도 한 명 더 추가되어 있었다.

'설마 벌써 운도가 내뺐다는 소식이 여기까지 들린 건가?'

그렇지 않아도 막무가내식의 작별을 고한 송학자로 인해 내심 켕기는 구석이 있는 유장천이었다.

그렇게 도둑이 제 발 저린다는 식으로 불편함을 느끼

고 있는 순간.

정작 태인자의 입에서 나온 말은 지금의 심정과는 전혀 상관없는 말이었다.

"좋지 않은 소식이 본 파로 전해져 왔소."

표정이나 어투를 보니 분명 송학자와 관계된 것은 아닌 듯했다.

"무슨 내용이오?"

"아무래도 두 사람을 쫓는 무리가 있는 것 같소."

'쫓는 무리?'

유장천이 내심 이 말을 되뇔 때였다.

심옥당이 거들 듯 한마디를 더 덧붙였다.

"들어 보니 적어도 금사궁이나 야수궁은 아닌 것 같았습니다."

"그래?"

덕분에 유장천의 생각을 빠르게 하나로 좁힐 수 있었다.

그 둘이 아니라면 의심 가는 놈들은 오로지 하나.

출곡 후 꾸준히 따라붙는 바로 정체불명인들뿐이었다.

'잘됐군.'

정말 이제껏 주변만 맴돌던 그들이 일부러 정체를 드

러냈다면 꺼릴 일이 아니었다.

한시 빨리 놈들을 잡아 정말 혈황과 무슨 관계가 있는지 확인해야만 했다.

유장천은 바로 그 뜻을 모두에게 전했다.

"가자. 어차피 이곳에서 볼 일도 다 끝났으니, 혹시나 놈들이 포기하고 돌아가기 전에 서둘러야겠다."

"예?"

그래도 너무 뜬금없다 싶어 심옥당이 바로 따라붙지 못했다.

"뭐해? 떡 본 김에 제사 지낸다고. 여기 있으니 갑자기 없던 등선에라도 관심이 생긴 거야?"

"예? 아, 아닙니다. 가요, 가."

하지만 이번에는 심옥당이 아닌 태인자가 발걸음을 잡았다.

"잠깐!"

"아!"

잠깐이란 말이 나오기 무서웠다. 유장천이 뭔가 생각났다는 듯 서둘러 품속에서 서찰을 꺼내 태인자에게 내밀었다.

"이것 받으시오. 송학자가 장문인께 남기는 서찰이오."

"……!"

다른 누구도 아닌 송학자의 서찰이었다.

태인자, 그리고 아직 제대로 제 소개조차 못한 태한자 모두 놀라 말을 잃었다.

"자, 그럼. 난 전할 건 다 전했소."

태인자가 서찰을 잡기 무섭게 손을 뗀 유장천이 바로 밖으로 걸음을 옮겼다.

더 이상 잡는 사람이 없었다.

유장천이 전한 서찰을 읽느라 남은 두 사람의 관심이 모두 거기에 쏠렸기 때문이다.

그 덕에 유장천은 더는 별 방해 없이 곤륜파를 빠져나올 수 있었다.

그런 유장천의 태도가 갑자기 바뀌었다. 조금 전에는 추적자를 잡기 위해서라더니 그게 아닌 듯, 누가 잡을 새라 바로 산 아래로 몸을 날렸다.

"튀어."

"예?"

"아, 아니, 뛰어."

바로 말을 정정하긴 했지만 이미 심옥당의 의심병은 눈덩이처럼 커진 뒤였다.

그렇다고 멍하니 서 있을 순 없어 서둘러 유장천 따라붙긴 했지만, 대신 머리는 그와는 별개로 이 상황에 대해 따져 보고 있었다.

'설마 운도께서 전하란 서찰에 뭔가 굉장히 곤란한 내용이라도 적혀 있나?'

사실 심옥당의 이런 의심은 반은 맞고 반은 틀렸다.

어디까지나 같은 죽음이라도 우화등선은 꼭 나쁘게만 볼 수도 없었기 때문이다.

물론, 실제는 아니었지만, 분명 서찰에는 그 내용이 적혀 있었다.

역시나 심옥당의 예감은 그대로 나타났다.

"이보시오. 이보시오오오오!!"

유장천과 심옥당이 막 하산에 속도를 붙였을 때였다. 뒤늦게 서찰을 다 읽고 난 태인자의 음성이 메아리가 되어 등 뒤에 따라붙었다.

"나 먼저 간다. 잡히면 그대로 두고 갈 것이니 늑장부리지 말고."

파라라락!

얼마나 세차게 날리는지 순식간에 거리를 벌리는 유장천의 의복이 떨어져 나갈 것만 같았다.

그리고 유장천의 이런 행동이 심옥당의 불안함을 가중시키는 촉매제가 되었다.

'역시 그럼 그렇지.'

당정청 때도 곤란하니 튀는 쪽을 택한 전적이 있는 유장천 아니던가?

"젠장!"

심옥당도 두 발에 온 내공을 모은 채 정신없이 산비탈을 달리기 시작했다.

그렇게 두 주종이 때 아닌 도주 행각을 벌리는 그때. 이미 점이 되어 사라진 둘을 쫓고자 태인자와 태한자가 정문에 모습을 드러냈다.

"휴우……."

흔적도 없이 사라진 두 사람.

쫓으려면야 못 쫓을 것도 없었지만 태인자는 그냥 포기하는 쪽으로 결론을 내렸다.

어차피 일찌감치 지금의 운명을 받아들이기로 결심한 뒤였다.

이제 와 송학자가 제정신을 차린다 해도 본인이 원하지 않는 이상 계속 장문인직을 맡을 생각이었다. 더군다나 등선은 선가에서는 무엇보다 축복받을 일이었다.

하지만 태한자는 아직 그 미련을 버리지 못한 듯했다.

“장문 사형, 사람을 풀어 그 두 사람을 쫓을까요?”

“그만두게.”

“하오나 다른 자도 아닌 본 파의 어른에 관한 일입니다. 어찌 이토록 쉽게 포기할 수 있습니까?”

“어차피 이 서찰이 전해지기 전에도 사숙의 죽음을 알릴 생각이었지 않는가? 거짓이 진실이 되었을 뿐, 달라질 게 무언가?”

“하지만…….”

“포기하세. 무언가를 얻으려면 또 다른 무언가를 잃는 것이 이치. 어찌 보면 이렇게 떠난 그들이 오히려 우리에겐 더 좋은 일일 수도 있지.”

“음…….”

태한자는 태인자가 무얼 걱정하는지 알 수 있었다.

그들을 잡게 되면 분명 송학자에 관한 미진한 부분은 풀 수 있을 것이다.

하지만 그렇게 되면 감사의 뜻으로 그들을 쫓는 추적자에 관한 일을 도와주어야만 했다.

한마디로 원치 않는 분란에 휩싸일 수도 있었다. 일부러 청정을 위해 무림과도 거리를 두는 곤륜파 입장에서

는 일부러라도 피해야 할 소란스러움이었다.

"그래도 무제의 후예이니, 우리가 냉정하게 외면했다는 비난은 피할 수 있지 않겠는가? 또, 사숙께서도 서찰에 그러기를 바라셨고."

"하면 결국 서찰에 적혀진 대로 한시적인 봉문을 하시기로 결정한 겁니까?"

"그 또한 이제껏 해 온 것과 크게 다르지 않으니 결정이랄 것도 없지. 오히려 제자들이 더 반기면 반겼지 반대는 하지 않을 테니."

"점점 왠지 본 파가 본의 아니게 남의 어려움을 외면하는 이기적인 자가 되어 가는 것 같습니다. 그 명목이 어디까지나 청정을 통한 도의 완성이긴 해도 말입니다."

"애초 그런 것이지 않겠나? 도 닦는 인간들이 어울리지 않게 검이니 봉이니 들고 설치는 것보다는…… 아니야, 각자 생각하는 길이 다른 법이니. 그래도 또다시 천하가 어지러워지면 그때는 우리도 나서야겠지. 그때도 외면하면 그거야말로 진정한 이기심일 테니까."

"예, 그때가 되면 전 제자들도 사숙이 그랬던 것처럼 결코 참지만은 않을 것입니다."

"그러니 들어가세. 그때까지라도 최대한 제자들이 바

깥일에 신경 쓰지 않게 해야지."

"예."

둘이 떠나고 마치 그 자리에 곤륜파가 존재하지 않는 것처럼 점점 모든 것이 투명하게 사라져 갔다.

공령신기환허진(空靈蜃氣幻虛陣).

주인이 원하기 전에는 찾을 수 없는 서왕모의 궁전처럼 곤륜파를 세상에서 지켜 주는 선가의 절진이었다.

4

변수(變數)

"이제 대화를 나눌 필요 충분 조건은 갖춰졌군."

"그보다는 오히려 문주의 대세를 보는 눈이 고작 이 정도밖에 안 된다고 밝혀진 듯합니다."

"하하하, 너무 그렇게 날 세우지 말게. 나 정도 되는 사람이 어찌 아무리 일야의 손자라도 냉큼 그 말을 들어줄 수 있겠는가. 적어도 본인이 직접 와 부탁을 하면 모를까."

"너무 스스로의 얼굴에 금칠을 하는 것 아닙니까?"

"그렇지 않아도 요즘 피부가 예전 같지 않아 그러고 있는 형편이네, 하하하."

한 사람은 웃고 한 사람은 대화가 진행될수록 점점 인상을 굳히는 공간.

하지만 이 둘은 얼마 전까지만 해도 이렇듯 한 장소에 마주 앉지도 않았다.

이보다 더 못해 한 사람은 바라보고 한 사람은 철저히 무시했다고 할까?

그건 둘 중 한 사람이 십패의 일인이고, 나머지 한 사람은 십패에 비해선 다소의 손색이 있는 단순히 일야의 손자였기 때문이다.

야왕 하진성 그리고, 쌍절공자 모용각.

모용각이 하오문을 찾고 근 한 달 만에 갖게 된 독대 자리였다.

조르륵.

웃던 하진성이 앞에 놓인 술잔에 술을 따라 들어 올렸다. 그런데 자신이 마실 것이 아닌 상대인 모용각에게 내밀었다.

"사과의 의미라 생각하게. 자네 말대로 진정 대세를 위한 일이라면 이런 일은 사실 문제될 것도 없지. 안 그런가?"

"물론입니다."

모용각이 거부하지 않자 하진성이 들고 있던 술잔을 모용각에게 던지듯 뿌렸다.

놀랍게도 술잔이 마치 무언가에라도 받쳐진 것처럼 가만히 허공을 날아 상대에게 날아갔다.

신기에 대응하는 모용각의 자세도 나쁘지 않았다. 당황하지 않고 가만히 마주 날아오는 술잔에 손을 뻗었다.

그 순간 잘 날아오던 술잔이 마치 벽에라도 가로막힌 것처럼 주춤하다가 바닥으로 떨어졌다. 그걸 낚아챈 모용각이 잔을 비우고 이번에는 새로 잔을 채워 하진성에게 돌려주었다.

휘리리릭.

하진성 때와 달리 술잔이 허공에서 맹렬히 회전을 하며 날아들었다. 기가 막힌 건 그럼에도 그 안의 술이 한 방울도 밖으로 튀지 않았다는 것이다.

"후후."

낮게 웃던 하진성도 역시나 아무렇지 않게 술잔을 향해 손을 뻗었다. 다만 방법은 달라 하진성은 직접 술잔을 잡는 방법을 취했다.

치이익.

하진성의 손아귀에서 술잔이 마치 살아 있는 듯 빠져

나가려 했다.

그러나 결국 회전을 멈춘 술잔은 곧 얌전히 본래대로 내용물을 비우고 본래 자리인 탁자 위에 놓여졌다.

"그럼 이것으로 지난 일은 다 잊고. 본론에 들어가도록 하지."

그 후 본격적인 대화가 시작되었다.

"자넨 정말 건곤무제의 후예가……."

"후예가 아닌 건곤마제입니다."

모용각이 바로 하진성의 말을 정정시켰다.

다행히 상대의 무례랄 수 있는 이런 행동에도 하진성은 그다지 불쾌함을 보이지 않았다.

호칭이 정정된 상태로 계속 대화가 이어졌다.

"그래, 건곤마제. 자네는 정말 그가 십패주도 모자라 자네의 조부가 있는 당금의 천하를 집어삼킬 수 있다 믿는가?"

"가능하다고 보오. 이미 그 일의 전초라 할 수 있는 야수궁주가 그의 손에 죽음을 당하지 않았습니까? 그것도 일대일이 아닌 먼저 음양쌍괴와 대결한 후에 말이오. 천하의 아미파가 공증한 일이니 틀릴 수도 없는 일입니다."

"아니, 그건 사실과 좀 다르네. 내 따로 알아보니 그 일에는 오랫동안 야수궁을 집어삼키려는 음양쌍괴의 농간이 있었더군. 그래서 말이 좋아 두 번의 대결이지. 실제로는 한 번의 대결로 모든 것이 결정 난 것이네."

다른 자도 아닌 개방보다도 뛰어난 정보력을 갖고 있다는 하오문주의 말이었다.

모용각도 그래서 이 말에 대해서는 어떤 의구심도 품지 않았다.

"하지만 이 이야기에서 중요한 건 한 번이든 두 번이든이 아닙니다. 다른 누구도 아닌 천하가 인정하는 십패주의 한 사람이 그에게 목숨을 잃었다는 사실이지요. 이 말은 달리 말해 문주도 결코 여기서 자유로울 수 없다는 뜻이기도 합니다."

도발이라면 명백한 도발이었다.

상대가 십패주의 한 사람이라면 충분하고도 남을 정도의.

"좋아! 그럼 이렇게 하지."

의외로 하진성은 화를 내기보다 만면에 환한 기색을 띠었다.

"자네 말대로 그가 십패주의 무력으로도 감당 못하는

자이니만큼 일단 정공법은 못 쓰네. 당연히 무인이라면 수치스럽게 여기는, 아니, 그러면서도 무엇보다 잘 쓰는 방법을 쓰는 수밖에. 자네도 한 주먹이 열 주먹을 못 당하는 말은 잘 알고 있지? 그래서 나를 찾아온 것이고."

"부정하지 않겠습니다."

"좋아! 명색이 일야의 후예 입에서 그런 말이 나왔으니, 하나만 전제된다면 내 전폭적으로 자네를 돕도록 하지."

"말하십시오. 제 능력이 되는 한도 내에서 최선을 다할 것입니다."

"생각보다 힘들 걸세. 그렇게 장담한 걸 바로 후회할 정도로."

이렇게 서두를 연 하진성은 마치 일부러 모용각의 속을 태우려는 듯 어느 정도 시간을 끌다 말을 이었다.

"자네 가문의 숨겨진 힘! 그 힘까지 전부 끌어 쓸 각오가 있다면 하오문이 가진 모든 힘을 이번 일에 쏟아붓도록 하지!"

정말 이 한마디를 듣기 위해 모용각은 근 한 달이 넘게 모욕과 수치심을 참아 왔다 해도 과언이 아니었다.

하지만 이 순간 그의 머릿속에 제일 먼저 떠오른 건

기쁨이 아닌 의문이었다.

'본가의 숨겨진 힘? 장에 거하는 자가 채 열을 넘지 않는 호림장에 무슨 숨겨진 힘이 있다고…….'

피식.

그 순간 하진성의 입가에 그냥 넘기기 어려운 조소가 걸렸다.

"왜 웃는 것입니까? 설마 농으로 그리 말한 것이었습니까?"

"자넨 고작 내 이런 농을 들으려 지난 한 달간 그 모욕을 참아 온 건가? 정말 그렇다면 내가 아무래도 사람을 잘못 본 것 같군. 그래도 원하는 걸 얻기 위해서라면 모욕과 수모도 감내할 줄 아는 사내라 생각했더니, 이제 보니 그저 원하는 걸 얻기 위해 무턱대고 조를 줄만 아는 어린아이였군."

"문주!"

도발을 하려면 이렇게 해야 한다는 것처럼 모용각이 바로 발끈한 반응을 보였다.

"하면 정말 모르고 있었는가?"

"그렇습니다. 아니! 대체 내가 모르는 그런 힘이 어찌 존재할 수 있습니까? 내가 알기로 할아버지께서는 오로지…….”

“자네 할아버지 힘이 아닐세.”

이번에는 하진성이 모용각의 말을 정정해 주었다.

“할아버지가 아니라면……?”

“현 호림장의 총관 구양수의 힘이지. 그가 보이지 않는 곳에서 지저분한 일을 도맡아 자네 가문이 그토록 떠들던 무림 안녕이라는 것이 있을 수 있던 거네. 하면 자네는 고작 이상만으로 그 모든 게 가능했다고 믿는 건가?”

하진성의 입가에 걸린 조소가 더욱 짙어졌다.

하지만 모용각은 전처럼 한 번 더 화를 낼 수 없었다.

다른 자도 아닌 하오문주 입에서 나온 말이다. 절대 근거 없으면 고작 조금 전의 일에 대한 복수로 말을 했다고 믿기엔 너무나 터무니없었다.

“자넨 정말 자네 가문을 몰라도 너무 모르는군. 천하는 말이야…… 일야와 십패 외에 드러나지 않은 일패가 더해져 균형을 이루고 있는 걸세. 그리고 그 숨겨진 일패는 다름 아닌 자네의 가문에 있고.”

“미, 믿을 수 없습니다.”

이날 이때까지 한 번도 그런 생각을 하지 않았기에 모

용각의 음성이 자기도 모르게 떨려 나왔다.

"아니, 지금부터라도 믿어야지. 내가 누구인지 잘 알고, 또 그런 이유로 십패주 중 가장 먼저 날 찾아온 자네이니만큼 믿지 않으면 우리 둘 사이 더는 이야기 진행할 일이 없지."

진정 거짓이 없는 진실이라 몇 번을 강조하는 것보다도 더 나았다. 인정한다는 듯 시간이 지날수록 모용각의 입이 꽉 다물린 조개처럼 그 틈을 찾기 어려웠다.

그래서 하진성이 주위를 환기시키듯 조금 다른 이야기를 꺼냈다.

"일단 침묵은 긍정으로 받아들이지. 그리고 이번 일과 무관하게 앞일을 위해서라도 자네도 자네 가문의 그 숨겨진 힘에 대해 알아 두는 것이 좋을 걸세."

"……?"

"자넨 지금 그자만 언급하지만, 그 외에도 현 무림엔 작금의 평화를 위협할 무시 못할 세 가지 변수가 더 있네."

왠지 귀를 기울이지 않으면 안 될 것 같은 서두였다.

"첫째, 마교일세. 올해가 바로 그들이 나타나는 백 년 주기의 해이니 빼놓을 수 없네. 둘째, 아직 모든 것이

파악되지 않았지만 전 무림 모르게 은밀하게 움직이는 자들이 있네."

'혹시…… 그들이……?'

한순간 모용각의 뇌리에 일전에 만났던 스스로를 반교문이라 밝힌 여인이 떠올랐다.

하나 약속한 게 있어 겉으로는 조금도 내색치 않았다.

"마지막으로 이게 가장 중요한 변수랄 수 있지. 혈황. 건곤일맥이라면 이 세상 누구보다 증오할 자. 당시 그는 패했을 뿐 죽지 않았으니, 살아 있다면 그 또한 무시 못할 변수지. 어쩌면 건곤무제의 후예의 등장으로 복수하고자 그들도 육십 년 만에 그 모습을 드러낼지도 모르네."

"……!"

확실히 이 세 가지 변수는 앞의 숨겨진 일패란 말 이상의 충격을 내포하고 있었다.

"한마디로 어느 것 하나 쉬운 게 없단 말일세. 여기에 일야와 십패라는 현 무림의 현실까지 더하면…… 과연 건곤무제 아니, 그의 사부인 검신 무적검제가 살아온들 지금의 무림을 집어삼킬 수 있다고 보는가?"

"그렇군요. 정말 그렇게 된다면 어느 누구 하나 쉽게 무림을 차지할 수 없을 것 같습니다. 오히려 두 번 다시

치유하지 못할 큰 상처만 남기고 끝날 수도 있겠군요. 그런데 왜 이런 이야기를 지금 꺼내는 것입니까? 처음에 이런 이야기를 들려주었으면 저 또한 조금 생각을 달리 할 수도 있었는데요."

"그건 그럴 수도 또 아닐 수도 있는 문제지. 그건 조금만 더 깊게 생각하면 잘 알 수 있을 걸세."

"혹 절박함을 이야기하려는 것입니까?"

"반은 맞고 반은 틀린 말이군. 내 조금 전에 자네가 본문의 정보 때문에 제일 먼저 이곳을 찾았다 했지만, 사실 자네 마음속에 은연중 십패 중 우리가 제일 약하다 생각해 그런 것 아닌가? 아니었으면 애초 자네가 그자를 만났던 장소에서 가장 가까운, 거기다 함께했던 종리혜의 덕을 볼 수 있는 금사궁을 찾았으면 더 좋았을 텐데 말이야."

"음……."

"금사궁에는 금사궁주 외에 신기수사라는 지낭이 한 사람 더 존재하지. 달리 말해 그들을 설득하려면 하나가 아닌 둘을 설득해야 한다는 뜻이기도 하지. 그래서 자네는 은연중 나를 신기수사 대용으로 쓰려던 것 아닌가?"

"……!"

정답은 아니었다.

그렇다고 오답이라고도 할 수 없는 말이라 모용각은 표정이 굳는 걸 숨길 수 없었다.

"십패주 중 유일하게 무력보다 지력으로 더 잘 알려진 자가 바로 나이지. 자네의 지금 선택은 양날의 검을 쥔 것과 다르지 않아."

여기까지 말하던 하진성이 다시 평소의 흐트러진 자세로 돌아가 술잔에 술을 채워 마시기 시작했다.

"후후. 내심 지난 한 달간의 일이 양심에 걸리는지 쓸데없이 말이 길어졌군."

"아닙니다. 이제 보니 오히려 제가 본의 아니게 그간 문주께 너무 무례를 끼쳤던 같군요. 정식으로 사죄의 인사 올립니다."

모용각이 말도 모자라 자리에서 일어나 정중히 포권례를 했다.

술잔을 입으로 가져가던 하진성의 입가에 또 한 번 미소가 그려졌다. 전과 달리 조소가 아닌 기쁨이 그대로 담겨 있는 미소였다.

"싫지 않아."

"……?"

"둘 이상을 생각하지 않는 자네의 그 성품. 쌍절공자

란 별호에 왜 인품이 들어가는지 알 것만 같군. 그래서 말인데 자네가 갖고 온 그 제안. 오히려 세 가지 변수를 생각하면 좋은 기회일 수도 있어."

"무슨……?"

"보다 큰일이 닥치기 전에 일단 그 뜻을 묶어 둘 필요는 있지. 그런 면에서 그자는 딱 좋아. 세력은 없는 대신 그 무력은 뛰어나니. 찔리는 아픔을 주지만 대신 상처는 크지 않는 바늘처럼 말이야."

모용각은 처음에 하진성이 대체 왜 이런 말을 하는가 했다. 그러나 그 생각이 한 번, 두 번, 세 번쯤에 이르자 왠지 이해될 것도 같았다.

일단 바늘이든 칼이든 찔리면 아프다는 공통점이 있다.

다만 찔렸을 당시의 고통과 그 후에 남는 상처의 크기에서 차이를 보일 뿐.

문제는 때론 바늘도 칼에 찔리는 듯한 고통과 상처를 줄 수 있다는 점이다.

다름 아닌 눈.

이번의 경우에 빗대면 야수궁주의 죽음이 바로 그와 같은 경우라 할 수 있었다. 비록 그 명맥까지 끊어지지 않았지만, 야수궁은 궁주의 죽음으로 그 힘이 절반으로

줄었다 해도 과언이 아니었다.

"어른들이 괜히 바늘을 함부로 다루지 말라 이야기한 것이 아니지. 아마 쉽게 다루지 못할 그로 인해 지금쯤 다른 십패주들도 꽤나 고심하고 있을 걸세."

이어진 하진성의 추가적인 설명에 모용각은 생각을 정리할 수 있었다.

"그렇다면 문주께선 결국 이번 일이 십패주를 한 자리에 모을 계기라 말하는 겁니까?"

"지금만 봐도 알 수 있지 않은가? 일단 내가 이렇듯 자네와 이야기를 나누고 있으니."

"음……."

"그리고 그 자리에서 조금 전 내가 자네에게 들려주었던 세 가지 변수를 꺼내게 되면 그들도 확실히 생각을 정리하겠지. 중요한 건 우리는 많은 부분이 드러났고, 아직 그 세 변수는 감춰진 게 더 많다는 사실일세. 유일하게 자네 가문의 그 비밀스러운 힘만 그렇지 않다고 해야 할까? 적어도 힘을 합쳐 무림에 닥칠 환란과 맞상대하겠다면, 그 정도 비밀스러움 한 가지쯤 있어야 한다는 뜻일세. 안 그럼 차라리 그 세 변수 중 하나에 붙는 게 앞으로도 명맥을 이어 갈 수 있는 가장 큰 길이니 말이야."

마지막 말은 가히 십패주의 입에서 나온 말이라 할 수 없었다.

그만큼 충격적이라 십패 중 최약체이면서 반대로 가장 빠른 정보망을 갖춘 하오문이기에 이런 말을 할 수 있었을 것이다.

뭐, 그 덕에 하진성의 말처럼 모용각은 생각을 하나로 정리할 수 있었다.

"좋습니다. 다 이해했고, 본가의 그 숨겨진 힘까지 끌어낼 결심도 마쳤습니다. 그런데 없으면 모를까. 왜 있는 그 힘을 끌어내는 것이 어렵다고 하는지 그건 아직 이해가 되지 않는군요."

"그건 말 그대로 그 힘이 자네 가문의 감춰진 힘이기 때문이네. 게다가 그 힘을 조종하는 자도 다름 아닌 총관 구양수 때문이기도 하고. 마치 빛과 어둠의 관계라고 해야 할까? 자네 가문의 그 밝음은 감춰진 어둠이 더 크기에 가능했던 것이네. 한마디로 애초 분란이 될 만한 싹을 사전에 제거해 왔다는 뜻이지."

"……!"

단정 짓는 마지막 말이 아니라도 이미 모용각은 그 힘이 무얼 뜻하는지 알 수 있었다.

"아……."

생각났다는 듯 하진성이 감탄을 터트리며 한 마디를 더 덧붙였다.

"그러고 보면 굳이 자네가 날 찾아올 필요도 없었겠어. 내가 말한 그 마수가 이미 그자를 향하고 있을 수도 있겠군. 자네의 뜻과 무관하게 대신 자네 조부의 묵인 아래 말이지."

"……."

❖

하늘에서 내려다보면 비스듬히 흐르는 경사와 불쑥불쑥 튀어나오는 장애물을 타 넘는 모습이 혹 산짐승은 아닌가, 하는 의심을 불러일으켰다.

그러나 이는 산짐승이 아닌 사람이 보이는 움직임이었다. 그것도 곤륜파를 떠난 유장천과 심옥당이 만드는.

어느덧 이렇듯 정신없이 산을 타 내려온 지 두세 시진이 되어 가고 있었다.

힘든 것도 힘든 것이지만 심옥당이 견디기 힘든 건 이렇게 서둘러 산을 내려가는 이유였다.

"잠깐!"

거의 곤륜산 전체를 타고 흐를 정도의 외침이라 선두의 유장천이 바로 달리던 것을 멈추고 돌아보았다.

그런데 그 모습이 마치 갓 산보를 나온 사람처럼 너무도 태연했다. 이 순간 호흡이 흐트러진 심옥당 자신이 한심해질 정도로 말이다.

"왜? 불렀으면 말을 해야 할 것 아니냐? 그렇게 째려보지만 말고."

"이유가 무엇입니까?"

"이유? 네놈은 고작 이 정도에 다 죽어 가고, 나만 쌩쌩한 이유? 그야 당연히 내가 너보다 백만 배나 더 강하기……."

"그게 아니라 이렇게 도망치듯 곤륜파를 빠져나온 이유 말입니다!"

피식.

뭔가 거창한 걸 바란 것은 아니지만, 고작 이 때문이라 생각하니 유장천은 절로 웃음이 나왔다.

"정말 궁금한 것은 그냥 넘어가지 못하네. 그래서 어찌 이날까지 그 험난한 무림에서 이제까지 목숨을 부지했을까?"

"그야 누구보단 못해도 다 그만한 무력과 지력을 갖췄

기 때문 아닙니까? 그러니 괜히 말 돌리지 말고 이유나 말해 주십시오."

"이유? 없어. 볼일 다 봤으니 떠나는 거지. 무슨 이런 일에 거창한 이유를 붙일까."

"그보다는 혹 운도 어르신과 관계 있는 거 아닙니까?"

뜨끔.

"역시 순간 몸을 움찔하시는 게, 제 예상이 맞았군요. 설마 운도 어르신께 무슨 문제라도……."

"문제는 얼어 죽을. 그 인간은 천장단애에서 떨어져도 멀쩡할 인간이야. 다만 이래저래 번거로움을 피하기 그랬던 것이다."

"번거로움이요? 무엇에 대한 번거로움입니까?"

"알면 다쳐. 이 말을 또 해야 되겠느냐? 기다려 봐. 조만간 알기 싫어도 알게 될 테니."

또 심옥당이 가장 듣기 싫은 그 말이 튀어나왔다.

그러나 이번만큼은 전처럼 크게 마음 상하지 않았다.

이걸로 확실해졌다.

송학자에게 무슨 문제가 생긴 것이다. 다만 그 문제가 무엇인가라는 것인데…….

'결국 주군이 알아보려던 혈황비사, 그 일을 함께 할

가장 큰 조력자를 놓쳤구나.'

중요한 건 바로 이것이었다.

사우 중 유일하게 살아남은 송학자. 그가 함께하지 못한다는 것은 생각보다 그 의미가 컸다.

일단 사후들의 후손인 네 곳.

서문세가, 개방, 곤륜파, 당문을 하나로 묶는 데 어려움이 있을 수 있었다.

그것이 아무리 유장천이 건곤무제의 후인이라도 결코 그 당사자는 아니었다.

일단 나이도 어리고, 또, 무림에서의 경험도 일천했다.

다만 아직은 그 무공으로, 과거의 연으로 함께하고 있었지만, 결코 일검이나 사우만 한 영향력을 발휘할 수 없었다.

특히 은자적 성향이 강한 곤륜파나 이미 틀어진 개방의 힘을 끌어들이긴 힘들었다.

거기다 유일하게 함께할 가능성이 높은 당문이나 서문세가는, 너무 폐쇄적이거나, 또 한 곳은 이제 거의 유명무실한 곳으로 전락했다.

둘 다 곤륜파나 개방만 한 영향력을 발휘할 수 없다는 뜻이다.

이런 사실을 깨닫자 본의 아니게 심옥당은 표정이 굳을 수밖에 없었다.

"주군."

"왜 또 이번에는 표정이 그렇게 심각해. 설마 내가 운도 그 인간을 죽이기라도 했을까 봐?"

"그랬으면 이렇듯 멈춰 서서 대화할 여유도 없었겠지요. 그게 아닙니다. 그보다는 한 번 더 주군께 묻고 싶은 것이 있기 때문입니다."

이후 잠시 시간차를 두고 심옥당이 말을 이었다.

"전에 제가 이런 말을 한 적이 있을 것입니다. '유 형은 혼자고, 천하는 여럿이오. 과거 혈황도 끝끝내 혼자서 천하를 상대하려다 결국 천하의 의기를 하나로 묶은 유 형의 조부의 손에 끝장나지 않았소?' 라고 말이오."

오랜만에 유 형이라 하려니 심옥당의 표정이 어딘가 어색하게 변했다.

"기억해. 그때 내가 아마 이런 말을 했을 거야. '과연 당금 천하에서 건곤마제인 날 막을 자가 있을까?' 라고."

"예, 당시 저는 주군의 그러한 호기에 이끌려 수하되기를 자청했습니다."

"그런데 지금은 후회가 돼? 왜, 생각보다 내가 하는

일이 미덥지 못한가?"

심옥당의 고개가 조금도 망설임 없이 좌우로 저어졌다.

"아닙니다. 그때도 그렇고, 앞으로도 그렇고 절대 후회하는 일은 없을 것입니다. 다만 주군의 진정한 뜻을 알고 싶습니다. 천하를 집어삼킨다 하셨는데, 과연 그 뜻이 천하를 거꾸러트리는 데 있습니까? 아니면 발아래 두기 위함입니까?"

이 두 가지는 엄연히 차이가 있었다.

전자는 단순히 강자를 찾아가 그들을 꺾으면 그만이지만, 후자는 아니었다. 그렇게 하려면 그만한 세력이 뒷받침되지 않고서는 불가능하기 때문이다.

"둘 다 아니야."

"예?"

이건 또 전혀 예상 못한 대답이었다.

"나에게 있어 천하를 집어삼키겠단 의미는 앞으로 두 번 다시 나와 관계된 자에게 절대 손을 못 대게 만들겠다는 뜻이야. 당문을 핍박한 야수궁이 바로 그런 경우에 해당되지. 그 외는 다 사우를 죽인 흉수를 찾기 위해서만 행동할 뿐, 딱히 일부러 누군가를 거꾸러트리거나 지배할 생각은 없어. 단 먼저 나를 자극하는 경우는 빼고 말이지.”

“음…….”

“왠지 실망한 듯한 반응인데.”

“실망은……. 차라리 안도에 더 가깝습니다. 최소 이 일의 결말을 볼 가능성은 좀 더 높아졌다는 뜻 아닙니까?”

“이 일의 결말? 내가 그에 관한 말을 꺼낸 적이 있나?”

“아니, 없습니다. 그래도 이제까지의 정황으로 추측은 해 볼 수 있지요.”

“그래서 그 결과는?”

“혈황! 그간 주군이 보인 모든 행동들이 다른 누구도 아닌 바로 그를 가리키고 있었습니다.”

이제껏 가슴에만 담아 두다가 처음으로 그 당사자에게 진실을 확인하는 순간이었다.

심옥당은 조금의 표정 변화를 놓치지 않겠다는 눈으로 유장천을 바라보았다.

그게 부담스러운 듯 유장천의 입가에 고소 비슷한 것이 지어졌다.

‘아니라 하면 물어뜯기라도 할 기세군.’

그래서 부정하지 않았다.

아니, 어차피 함께하려면 한번쯤은 알려 줘야 할 진실

이었다.

"왠지 미리 알려 주지 못한 내가 다 미안해질 정도의 눈빛이야."

"그 말씀은……."

"그래, 난 분명 놈을 쫓고 있어. 과거에 마무리 짓지 못한 악연과 또 새로이 쌓게 된 악연으로 말이지."

분명 이 순간 유장천이 꺼낸 과거와 현재의 악연은 모두 그 당사자로서 하는 말이었다.

하지만 언제나 그렇듯 심옥당은 그저 후예로서 선대의 일을 마무리 짓는 정도로 해석했다.

진실을 밝히고 알게 된 여파인지 둘 사이에 잠시 묘한 침묵이 흘렀다.

그걸 심옥당이 먼저 웃음으로 깨트렸다.

"하하."

"왜 웃어?"

"얼마 전까지는 고작 죽은 자의 무덤이나 뒤지려던 저 아니었습니까? 그런 제가 이젠 죽지 않고 살아 있는 그 당사자를 쫓을 운명이라니…… 재미있군요. 왠지 무덤을 뒤지려던 일보다 몇 배나 더 흥분되는 일입니다."

"하지만 그로 인해 제명도 다 못 채우는 수가 있어."

"그 일이라면 이미 주군과 엮이며 포기해 버렸습니다. 피할 수 없으면 즐겨라. 주군 덕에 새롭게 깨달은 사실입니다."

"말이나 못하면."

그러나 유장천의 입가에도 어느새 미소가 그려졌다.

과거나 지금이나 생각보다 사람과의 연이 나쁜 편이 아니란 생각이 들었다.

'아니…… 풍개 일을 풀기 전에는 꼭 그렇다고 할 수도 없지.'

그래서 미소는 나타나기 무섭게 사라지고 말았다.

"한 번 더 묻지. 지금도 날 따르기로 한 걸 후회하지 않아?"

"예. 그러기엔 주군과 지내 온 몇 달이 그렇지 않은 십수여 년보다 저를 더욱 살아 있게 만드는군요. 이제와 그걸 포기하라면 차라리 머리 밀고 중이 되는 길을 택하겠습니다."

피식.

"협박치곤 꽤나 설득력이 없는 말이야."

"아닐 겁니다. 당장 이대로 소림사로 달려가 사사건건 주군의 일을 방해할 테니까요. 아마 죽어 귀신이 되어

달라붙는 것보다 몇 배는 더 귀찮을 것입니다."

"하긴…… 정말 그렇게 되면 무시할 수 있는 귀신보다는 더욱 번거롭겠군."

"그렇지요."

결론이 났다. 아니, 애초 결론이랄 수도 없는 일이었다.

당사자인 유장천은 둘째치고라도 심옥당 또한 이미 혈황지보를 얻는 순간 그 운명이 정해진 것이나 마찬가지였다.

모든 게 다 만약이지만, 만일 심옥당이 장보도에 적힌 장소를 찾아가 혈황의 흔적을 찾지 못했으면 어떨까?

거의 백이면 백. 이 일의 진상을 밝히기 위해 미친놈처럼 무림을 뒤지고 다녔을 것이다.

반대로 진짜 장보도에 혈황의 보물이 있다 하더라도 달라질 건 없었다. 이제까지의 정황 상 그건 거의 가짜일 확률이 높았다.

그래도 심옥당의 선택은 없을 때와 마찬가지. 어느 쪽이 되었던 그의 운명은 혈황에게 닿아 있을 수밖에 없었다.

"그런데 주군."

"일단 걷지. 계속 여기서 늑장부리다 누구처럼 동굴에서 잠을 청해 중독당하긴 싫으니까."

"……."

그 누가 다름 아닌 심옥당 자신이기에 일단 대화는 잠시 미뤄지고, 멈췄던 두 사람이 다시 산을 타 내려가기 시작했다.

그래도 전처럼 정신없이 산을 타 내려가는 것은 아닌, 걷는 것보다 조금 빠른 속도였다.

삐이이익.

그 순간 갑자기 두 사람 모두의 귀를 자극하는 소리가 들려왔다.

그런데 소리가 땅이 아닌 하늘이라 자연스레 둘의 시선이 하늘로 향했다.

수리 한 마리가 날고 있었다. 마치 싸움이라도 벌이듯 예서 한 삼백여 장 정도 떨어진 곳에서 내리꽂혔다 날아오르기를 반복하고 있었다.

"이상하군."

"이상하군요."

거의 누구 먼저랄 것도 없이 둘의 입에서 동시에 튀어나온 말이었다.

"그럼 확인해 봐야겠지?"

"그렇지요."

이번에는 확실히 선후가 있었다.

유장천이 먼저 말을 꺼내고 심옥당이 그에 대해 답을 했다.

하지만 말끝에 움직인 것은 거의 동시였다. 그래도 그 속도에 차이는 있어 순식간에 유장천이 쭉 앞으로 뻗어 나갔다.

'내 이날까지 무공에 대해 그다지 부족함을 못 느꼈건만. 정말 사람 비참하게 만드는군.'

그래서 심옥당은 이를 악물고 온 내공을 끌어 올려 유장천의 뒤를 좇았다.

연신 하늘로 솟았다 땅으로 내려오길 반복하는 수리의 상대는 놀랍게도 먹잇감이 아닌 사람이었다.

수리뿐만이 아니었다.

그 외에도 두 사람이 수리와 더불어 한 사람을 공격하고 있었다.

놀라운 건 그 상대가 승려란 사실이다.

다만 복식이나 생김새가 중원의 승려와는 차이를 보였다.

그러고 보면 중과 싸움을 벌이는 두 사람도 한인이 아니긴 마찬가지였다.

생김새야 어쨌든 싸움의 형국은 분명 삼 대 일이었다.

하지만 돌아가는 판세는 결코 삼 대 일처럼 보이지 않았다.

만일 허공에서 수리가 돕지 않았다면 단번에 승리가 승려의 몫으로 돌아갈 것처럼 그는 압도적인 강함을 보이고 있었다.

거기에 그는 승려치고는 꽤나 흉흉한 기운을 풍기는 자였다.

내뻗는 장세도 강맹하다 못해 패도적이었고, 손속도 어떻게든 상대를 숨을 끊으려 듯 악독하기 그지없었다.

"악!"

결국 그 손길에 한 사람이 비명과 함께 비칠비칠 물러났다. 가격 당한 부위가 가슴 부위인 듯, 한 손으로 가슴을 감싸 쥔 채였다.

"이노오옴!"

그 순간 함께 승려를 공격하던 자의 입에서 격노성이 터졌다.

하지만 바로 그것이 문제였다.

애초 둘이 덤벼도 동수를 이루지 못한 상황. 거기에 지금은 일행까지 물러난 뒤였다.

이런 식의 평정심을 잃는 태도는 최악으로 작용할 수 있었다.

"흐흐흐."

역시나 상대에게서 승려에 어울리지 않은 비릿한 흉소가 흘러나오는 것도 잠깐. 그는 지금의 이런 좋은 기회를 놓치지 않았다.

거의 양패구상으로 덤벼드는 상대의 쌍장을 교묘히 몸을 틀어 제 양어깨에 끼어 버렸다.

"……!"

자연히 졸지에 양손이 제압당한 자로썬 그야말로 상대가 원하는 대로 목숨을 내줄 수밖에 없는 형편이었다.

하지만 승려는 마치 고양이가 쥐를 가지고 놀듯 그 상태로 말을 꺼냈다.

"바보 같이 실력이 부족하면 인내심이라도 있어야지. 이처럼 선불 맞은 멧돼지처럼 굴어서 어찌 이 부처를 이기겠나?"

"다, 닥쳐. 애초 독을 사용한 비겁한 놈이 그 무슨 개소리냐?"

"흐흐. 그거야 다 일을 좀 더 부드럽게 풀어 가려는 이 부처의 자비심이지. 괜히 쓸데없이 피를 흘릴 필요가 뭐가 있나? 그러지 말고 이쯤에서 포기하게. 내게 주어진 명은 비록 둘의 숨통을 끊는 것이지만, 내 오늘 크게 자비를 베풀지. 그러니 고집부리지 말고 이쯤에서 나와 함께 본 사로 가세. 그럼 시주가 상상하는 이상의 보상을 얻게 될 걸세."

"놔!"

그사이 어느 정도 신색을 추슬렀는지, 또 다른 일행이 잡힌 자를 구하려 승려의 등을 향해 일 장을 쏟아 냈다.

빙글!

하지만 승려는 피하는 대신 간단하게 몸을 돌리는 동작으로 그 공격을 막았다.

상황이 이러니 오히려 공격하던 자가 더욱 큰 상처를 입는 일이 벌어졌다.

일행을 공격할 수 없어 억지로 거둬들인 내공이 외려 스스로를 공격했다.

"윽!"

비명도 모자라 울컥 한 사발이나 되는 선혈을 토해 냈다.

"미라야!"

보지 않아도 충분히 토해 내는 신음으로 상태가 어떤지 알 수 있었다.

그래서 잡힌 자의 얼굴은 마치 제 몸이 다친 것처럼 더욱 흉하게 일그러졌다.

승려는 이 모든 게 마치 자신이 기쁨인 듯했다. 가학의 취미가 있는지 스스럼없이 잡힌 팔을 풀어 주고 한 발 물러섰다.

그 순간 이제껏 주인들이 걱정되어 별 다른 공격을 못하던 수리가 움직였다.

삐이이이익!

요란한 울음소리와 함께 물러나는 승려의 뒤쪽에서 낙뢰처럼 내리꽂혔다.

하늘에서 이어진 공격이고, 더군다나 시야를 완전 벗어난 뒤쪽에서 행해진 일격이라, 이 정도면 생채기가 아니라 머리에 구멍이라도 뚫을 것 같았지만…….

끅!

결과는 너무도 허망했다.

승려가 아무렇지 않게 뻗은 손길에 수리의 목이 너무도 쉽게 잡혀 버리고 말았다.

"귀찮은 날파리 같은 놈."

우둑.

정말 날파리라도 잡아 손으로 눌러 죽이는 것 같았다.

가볍게 수리의 목을 부러트린 승려가 귀찮다는 듯 뒤쪽으로 집어 던졌다.

그러나 이상한 건 한참이 지나도 나가떨어지는 소리가 들리지 않는다는 것이다. 분명 목을 꺾어 다시 하늘로 날 수 없건만.

'너무 쥐는 힘이 약했나?'

혹시나 하는 심정으로 그쪽을 돌아보는데.

"……!"

이번에는 승려의 눈이 누구처럼 크게 뜨였다.

놀랍게도 그가 바라보는 곳에 수리를 안고 있는 자가 있었다.

그런데 그는 대체 어떤 점이 마음에 들지 않는지 얼굴을 딱딱하게 굳힌 채 이쪽을 바라보고 있다는 것이다.

"주……!"

그 순간 또 다른 자가 새롭게 모습을 드러냈다.

수리를 안고 있는 자와 일행인지 그를 부르려다 엉망진창이라 다름없는 이쪽의 상황을 보고 말을 잃었다.

"사람보다도 나은 충성심을 보이던 놈이다."

말끝에 먼저 모습을 보인 자가 뒤늦게 나타난 자에게 안고 있던 수리를 넘겼다.

"물론 그전에 그 주인부터 구해야겠지. 그래야 숨이 끊긴 수리도 편히 이승을 떠날 테니."

아무리 봐도 이 싸움판에 끼려는 목적이 고작 수리 한 마리 죽은 이유 때문인 듯했다.

처음엔 누군가 있단 기척을 못 느껴 놀랐던 승려도 상대의 이런 말에 표정이 일그러졌다.

"도, 도와주세요."

그 순간 승려의 표정을 더욱 일그러지게 만드는 음성이 뒤쪽에서 들렸다.

다름 아닌 승려를 공격하려다 반대로 상대의 악독한 수에 걸려 피를 토한 자였다.

그런데 언제 머리를 감싸고 있던 두건이 사라졌는지 치렁치렁한 머리가 어깨를 뒤덮은 채였다.

그러고 보면 애초 전체적인 선도 그렇고, 생김새도 사내치고는 너무도 미려한 편이었다. 그래서 머리가 드러나자 단번에 상대의 정체를 알 수 있었다.

여인.

그것도 한족 미녀와는 색다른 매력의 이국미녀였다.

"미라야……."

반면 함께한 중년인은 낯선 자의 도움이 썩 반갑지만

은 않은 듯했다.

사람을 쉽게 만날 수 없는 이런 산속. 괜히 늑대를 피하려다 호랑이를 만난 것은 아닌가하는 우려가 담겨 있었다.

그러나 그들이 원하던 원치 않던 불청객은 이미 마음을 정한 뒤였다.

아니, 상대가 먼저 그가 떠날 수 없게 못을 박아 버렸다.

"미친놈. 감히 이곳이 제 죽을 자리인 줄도 모르고 찾아오고. 그렇게 수리가 걱정된다면, 아예 그럴 일 없게 이 부처께서 네놈도 바로 뒤따라 보내 주마."

폭발하듯 터져 나온 승려의 사형 선고.

하지만 불행히도 이 한마디가 단순한 불청객이었던 누군가를 한순간 지나가는 악당으로 탈바꿈시켰다.

그리고 이 지나가는 악당은 과거 금적보를 박살 냈던 전적이 있던 바로 그 주인공이었다.

"좋지."

오히려 반긴다는 듯 유장천의 입가에 씨익하고 진한 미소가 지어졌다.

5

변황련(邊荒聯)

승려가 미친놈이라 소리친 그 무렵. 가만히 돌아가는 상황을 지켜보던 심옥당도 같은 말을 되뇌고 있었다.

'미친놈. 하고 많은 말 중에 골라도 꼭.'

자고로 미친놈에게는 매가 약이라는 말이 있었다. 하나 오늘만큼은 그것이 역으로 뒤집히려는 듯.

우둑. 뚜둑.

유장천이 쉬지 않고 연신 손을 풀고 있었다.

그래서 심옥당은 더는 승려에게 관심을 두지 않았다. 빤하디빤한 그의 운명보다 응당 사내로서 눈앞의 이국미녀에게 더욱 관심을 기울였다.

'행색 때문에 몰랐는데, 정말 보면 볼수록 뛰어난 미색이구나.'

여인은 현재 남장을 하고 있어 대부분의 미색이 가려진 편이었다. 거기다 승려와 싸움을 벌이며 이래저래 더욱 헝클어진 모습이다.

그런데도 여인의 미색은 뛰어났다. 문득 유장천이 나선 이유가 혹 여인의 미모 때문은 아닌가란 의심이 들 정도로.

'한데 정말 그런 이유 때문인가? 당 소저의 경우를 놓고 보면 꼭 그런 것만 같지도 않은데.'

그렇다고 무슨 꿍꿍이를 논하자니 이는 수하로서 주군을 너무 비하하는 듯한 기분이 들었다.

남은 것은 이제 단순히 협의 차원에 나섰다는 이유 그 한 가지뿐인데, 문제는 이런 식의 결론도 왠지 미진함이 남긴 마찬가지였다.

'끙…….'

결국 앓는 듯한 신음으로 생각에 종지부를 찍는 바로 그때.

기다리기 지쳤는지 상대가 먼저 말을 걸어왔다.

"저기……."

"……?"

"혹시 제 얼굴에 무슨 문제가……."

처음에 여인이 왜 뜬금없이 이런 말을 하는가 했다.

그러다 옆에서 느껴지는 째려보는 듯한 시선에 그제야 자신이 무슨 실수를 범했는지 알 수 있었다.

그러고 보면 이제껏 상대의 얼굴에 두 눈을 고정한 채 생각에 잠겼다. 그러며 때때로 이런 저런 표정 변화를 보였으니 충분히 이런 오해를 할 만했다.

"하앗!"

다행히 그 순간 관심 밖에 있던 두 사람의 싸움이 시작되었다.

그 덕에 심옥당에게 쏠려 있던 관심이 두 개로 분산되어 쉽게 곤경에서 벗어날 수 있었다.

"흠흠, 실례가 안 된다면 두 분의 신분에 대해 물어도 되겠소? 아무리 봐도 이유 없이 이런 산속에서 누군가 다툼을 벌일 분들 같지는 않은데."

그런데 약간의 부작용이 남았다.

관심이 돌아가도 너무 돌아가 버린 것이다. 이젠 여인의 관심이 온통 싸움터에 가 있었다.

"정말 일행분의 무공이 놀랍군요. 가법존자(柯法尊

者)는 저와 제 숙부가 중독되지 않았다 해도 쉽게 그 승리를 점칠 수 없는 자인데.”

그러나 현실은 얼마 전의 큰소리가 무색할 정도로 그 가법존자가 거의 일방적으로 밀리는 중이었다.

마치 다가오는 벽을 상대하는 것처럼 어떤 공격도 모두 무효로 돌아가고, 더욱이 그러한 상대의 기세에 눌려 조금씩 뒷걸음질 치는 형편이었다.

“그러니 저쪽은 이제 더 신경 쓰지 않아도 될 것이오. 그보다 아까 하던 이야기나 계속합시다. 일단 본인 소개부터 하자면 심옥당이라 하오.”

“심옥당?”

짧게 반문하던 여인이 바로 싸움터에서 눈길을 거두며 놀랐다는 눈으로 심옥당을 바라보았다.

“심옥당이시라면 혹시 중원이십팔대명인에 속한 비호서란 별호를 쓰시는……?”

“그다지 대단한 것 없는 이름이 용케 소저의 귀에까지 들어간 것 같소이다. 맞소, 본인이 바로 그 비호서란 별호를 쓰는 자요.”

“아……!”

정말 조금의 거짓도 없는 탄성이었다.

덕분에 심옥당은 유장천을 만난 이후로 실로 오랜만에 스스로에 대해 자부심을 가질 수 있었다.

유장천이야 늘 이십팔대명인이 무슨 대단한 벼슬이라 떠들었지만, 현실은 바로 이런 것이기 때문이다.

"그럼. 혹시 함께한 저분도?"

어찌 보면 이런 이유에서 당연하다 할 수 있는 여인의 질문이었다.

그러나 심옥당의 고개는 그 기대를 저버리듯 좌우로 저어졌다.

"아니오. 만일 내가 반딧불이라면 저분은 만월이라 할 정도로 비교조차 불경한 분이시오. 오죽하면 내가 진심으로 탄복해 그 수하되기를 자청했겠소?"

사실 이렇게까지 처음 보는 사람에게 자세히 설명할 이유는 없었다.

그러나 일전에 했던 불경한 생각이 심옥당을 여기까지 오게 만들었다.

뭐 그 덕에 효과는 확실했다. 이제껏 별 곱지 않은 시선을 보내던 중년인조차 단박에 경악 어린 반응을 보였다.

"그러니 저분의 진실한 정체를 알길 바란다면 이젠 낭자 차례요. 그 신분 내력을 밝혀 주시오."

"아미라(阿美螺)예요."

청말 듣고 싶었던 듯 여인에게서 제 이름이 바로 튀어 나왔다.

그러나 누구처럼 심옥당은 바로 맞장구칠 수 없었다. 아무리 눈앞의 여인이 쉽게 보기 힘든 미녀라도 그것만으론 부족했기 때문이다.

"역시 무리였나요? 허면 제가 신타궁(神駝宮) 사람이라면 아시겠어요?"

"신타궁이라면……."

이번만큼은 심옥당도 더는 의문만 드러낼 수 없었다.

신타궁.

북해의 빙백신궁, 막북의 철기맹, 서장의 포달랍궁과 더불어 변황사패의 마지막 한 곳으로 통하는 곳이다.

알려지길 신타궁은 신강의 탑극랍마간(塔克拉瑪干) 사막 부근이 그들의 주 활동 무대라 했다. 한데 놀랍게도 그곳과는 한참 떨어진 청해 곤륜산에서 만나게 되다니.

심옥당의 이런 생각을 읽은 듯 아미라가 씁쓸한 미소를 지었다.

"역시나 이해할 수 없다는 얼굴이군요. 하오나 그간의 사정에 대해 말하려면 이곳은 그다지 좋은 장소가……."

"혹 꼴같잖은 승려 때문이라면 걱정 마시오. 두 번 다시 함부로 입 못 놀리게 단단히 봉해 놨으니."

별걱정 말라며 나선 이는 이 순간 가법존자를 상대하고 있어야 할 유장천이었다.

"설마 벌써……."

아미라는 유장천이 바로 곁에 있음에도 믿어지지 않아 직접 제 눈으로 싸움터를 살폈다.

"……!"

놀랍게도 유장천들이 나타나기 전까지 영락없는 사신이었던 가법존자가 넝마가 되어 있었다.

이 순간 그가 걸친 옷자락이 승포가 아니었다면 꿈이고 신기루라 했을 정도로 직접 보고도 못 믿을 현실이었다.

하지만 심옥당에게는 일찌감치 이 모든 게 다 예견된 일이었다.

"주군, 생각보다 더 빠르게 끝난 것 같습니다."

"빠르긴. 죽지 않을 정도로 쥐어 팬다고 쓸데없이 시간만 더 잡아먹었는데."

"하면 죽이지 않고 살려 두셨단 말입니까?"

"당연하지. 적어도 내가 그러고 싶은 마음이 들기 전까지는 살려 둘 생각이야."

"……."

결국 곱게 죽이진 않겠다는 말이라 심옥당도 더는 상대할 엄두를 못 냈다.

그러니 생판 남인 아미라와 중년인은 어떻겠는가?

누가 일부러 시키지 않았음에도, 앞으로 유장천 앞에 선 제 스스로 입조심 하자 결심을 하게 되었다.

"그건 그렇고."

유장천의 시선이 한창 남모를 결심을 하던 아미라와 중년인 사이를 오갔다.

"팔자인가? 어찌 매번 누군가를 구해 줄 때마다 중독자 신세군."

"……."

그 일의 시초와 두 번째가 된 세 사람이 자기도 모르게 몸을 경직시켰다.

"옥당."

유장천이 그 중 한 사람을 찾았다.

"예?"

"해독 안 시키고 뭐해? 일전에 당 소저에게 받은 피독단이 있잖아."

"아! 그렇군요."

그제야 심옥당이 부리나케 품을 뒤져 하얀 자기병을 꺼내고 두 개의 환약을 손바닥에 쏟아 냈다. 그다음 아미라와 중년인에게 하나씩 건넸다.

"당문비전의 피독단이오. 아마 웬만한 독은 이 정도만으로도 충분히 해독될 것이오."

당문비전이란 말에 두 사람이 망설임 없이 받은 환약을 삼켰다.

그 후, 약효가 빠르게 전신에 퍼지는 걸 도우려는지 누가 먼저랄 것도 없이 운기조식에 들어갔다.

마치 이때를 기다린 것처럼 심옥당이 전음을 보내 왔다.

[주군. 이 두 사람 자신들이 신타궁에서 왔다 밝혔습니다.]

[신타궁? 신강에 있다는 바로 그 신타궁?]

그간 야수궁 일로 새삼 변황무림에 관심을 갖게 된 유장천이었다. 되묻지 않을 정돈 알고 있었다.

[예. 한데 몇 가지 이해가 안 가는 부분이 있습니다. 일단 신타궁도들은 열사의 지배자란 명성답게 보금자리인 탑극랍마간을 거의 떠나는 일이 없습니다. 그들의 능력이란 것이 사막을 벗어나선 제대로 발휘될 수 없기에 그렇다는 말이 있습니다.]

[또 다른 이유는?]

[주군께서도 직접 보십시오. 꽤나 흐트러진 모습이긴 해도 여인에게서 꽤나 기품 느껴지지 않습니까?]

[그게 왜?]

[사람의 기품은 타고 나기도 타고나야 하지만, 그보다는 여러 사람들의 우러름을 받으며 후천적으로 길러지기도 합니다. 그 말은 즉…….]

[꽤나 고귀한 신분인 것 같은데, 그에 반해 호위하는 사람 숫자도 너무 적고, 그 능력도 너무 떨어진다. 이런 뜻이야?]

[예, 아무리 생각해도 변황사패인 신타궁에 무슨 일이 벌어지지 않고선…….]

[그러지 말란 법도 없지.]

[예?]

[이곳이 어디야?]

[그야 곤륜파가 있는 곤륜산…….]

여기까지 말하던 심옥당도 그제야 유장천이 말하고자 하는 바를 알 수 있었다.

[주군께서는 이들이 곤륜파의 도움을 얻고자 여기까지 왔다 말하고 싶은 겁니까?]

[그건 이제 본인의 입을 통해 직접 들어 보면 알겠지.]

정말 그러기라도 하라는 것처럼 운기조식에 들었던 두 사람이 차례대로 깨어나고 있었다.

제일 먼저 정신을 차린 이는 중년인 쪽이었다. 위기에서 구해 주고, 또 해독까지 시켜 주니 처음과는 확연히 비교되는 태도를 보였다.

"고맙소. 귀하가 아니었다면 나와 미라는 큰 화를 당했을 것이오. 그리고 늦었지만 내 이름은 아진타(阿瞋駝)라고 하오."

감사 인사와 더불어 일사천리로 진행된 제 소개까지. 이외에도 유장천을 바라보는 중년인의 두 눈엔 일종의 경외마저 담겨 있었다.

"유장천이오."

이에 반해 유장천의 인사는 짧고 간단했다.

거기다 더는 다른 말이 나오지 못하게 바로 본론으로 들어갔다.

"신타궁 사람이라 들었소."

이미 아미라가 심옥당에게 밝힌 바 있어 아진타는 순순히 고개를 끄덕였다.

"그렇소."

"그럼 왜 신타궁 사람이 사막도 아닌 이 먼 곤륜산까지 쫓겨 왔는지 그 이야기를 해 주시오."

"그건……."

"숙부님, 잠시 만요. 뒷이야기부턴 제가 할게요."

아진타가 뭐라 입을 열기도 전, 아미라가 둘 사이에 끼어들었다.

"그래…… 그러려무나."

아진타가 순순히 물러나 자연히 주도권은 아미라에게 돌아갔다.

"좋소. 그럼 낭자가 말해 보시오."

"그전에 은공의 진실 된 정체부터 밝혀 주세요. 일행인 심 대협께서 저희들이 정체를 밝히면 말씀해 준다고 했는데, 아직 그 뒷이야기를 듣지 못했거든요."

"이름 이상의 것을 밝히란 뜻이오?"

"예, 지금은 제게 그것이 무엇보다 중요해요."

하지만 유장천은 막상 제 신분 내력을 털어놓으려니, 그간 잊고 있던 한 가지 심정이 슬그머니 고개를 쳐들었다.

본인이 아닌 후예가 되어야 하는 씁쓸한 아픈 현실.

"주군은……."

다행히 심옥당이 먼저 나서 주어 유장천을 그러한 곤경에서 구해 주었다.

"육십년 전 혈황에 신음하던 중원무림을 구한 영웅, 건곤무제의 후인이시오."

"……!"

누구 때처럼 탄성은 없었지만, 그렇다고 그보다 못한 반응이라 할 수 없었다.

아미라의 벌어진 입이 좀체 닫힐 기미가 보이지 않았다.

"자. 그럼 이제 낭자의 이야기를 들을 수 있겠소?"

"예? 예."

다행히 유장천이 먼저 말을 건네준 덕에 아미라는 벌어진 입을 다물 수 있었다.

그 후, 유장천들이 궁금해하던 바로 그 이야기를 들려주기 시작했다.

❖

"가히 그냥 듣고 넘기기 어려운 이야기요."

"그 부분에서 있어선 빈승도 옥양장교와 같은 생각이

외다. 사안이 생각 이상으로 심각하오."

소림의 한 밀실.

정파의 양대 거두라할 수 있는 소림방장 대방선사와, 무당장교 옥양자가 밀담을 나누고 있었다.

그런데 이 모든 것의 원인이 그들 사이에 놓인 한 통의 서찰 때문인지 거기에 닿는 시선들이 꽤 심각했다.

보아하니 끄트머리에 적힌 아미장운 귕문이란 글자에 두 사람이 더욱 이런 반응을 보이는 듯했다.

"그나저나 참으로 모를 일이오. 어찌 그 저주 받은 천살성의 기운이 영웅의 후예에게 닿았는지……."

옥양자가 탄식 비슷하게 말을 꺼냈다.

"혹 그 때문인지도 몰라도, 근자에 들려오는 그에 관한 소문들이 대부분 좋은 것들이 없더이다. 스스로를 마제라 칭한 것부터 시작해, 무제께서 구한 세상 마제인 자신이 주인이 되겠다니……. 이미 가장 깊은 교분을 나눈 개방이 등을 돌린 이상, 우리도 좌시할 문제는 아니라 생각하오."

"한데 한 가지 마음에 걸리는 것이 있소. 정작 그가 이제껏 벌인 일들은 내뱉은 말과 달리 그리 큰 문젯거리는 아니오. 가장 처음인 금적보 사건부터 시작해 가장 최근인 야수궁 사건까지. 어찌 보면 오히려 현 무림에 도움이 되었지, 해가 되는 일이라 할 수 없이 않소?"

"맞소. 그 때문에 이렇듯 아미장문인이 은밀히 서찰을 보낸 게 아니겠소? 아마 여기에 적힌 천살성이란 말만 아니라면, 사실 빈승도 그다지 깊게 생각지 않았을 것이외다."

"천살성…… 이제껏 백 년 주기로 나타난 걸 감안하면 예상 못한 일은 아니었소. 한데 바로 이 시기가 마교와 준동과 맞물려 온 걸 보면 참으로 결정짓기가 힘드오. 더욱이 미련이라면 미련이랄 수 있는, 그가 건곤무제의 후예란 점도 마음에 걸리고."

"그렇다고 마냥 거기에만 매달릴 수 없는 게 옥양장교가 언급한 바로 그 마교요. 게다가 우리가 결코 간과해선 안 될 존재가 있소. 다름 아닌 혈황. 그는 패해 물러났을 뿐, 결코 그 당시 목숨이 끊어진 것이 아니외다."

"그 일이라면 빈도도 결코 잊지 않소."

일전의 하오문주 하진성의 우려와 달리, 소림과 무당만큼은 혈황의 존재를 잊지 않고 있었다.

누구보다 가장 앞서 그들을 막았고, 그 덕에 가장 깊은 화흔을 간직하고 있었기 때문이다.

"아무래도 이 일로 일단 모용 시주를 한 번 만나 봐야 할 것 같소."

"그에 대해선 빈도도 찬성이오. 이십 년…… 사대영웅가에 밀렸던 우리가 다시금 그 이상의 성세를 이룰 수 있게 해 준 가장 큰 공신 아니오? 다른 자는 몰라도 그는 꼭 알아야 하오."

"한편으로 무림대회도 준비할까 하는데…… 옥양장교 생각은 어떻소?"

"무림대회라 하셨소? 흐음……."

옥양자도 거기까지는 생각하지 못했는지 조금 시간을 둔 뒤에야 말을 이었다.

"아무래도 방장께서는 이번 기회에 지금의 판세를 새롭게 바꾸려는 것 같소.

"아시겠지만 현 무림에 산재한 문제가 한두 가지가 아니오. 지금이야 아직 그 모든 게 수면 아래 감춰져 있지만 만일 그 모든 게 다 드러난다면 어떻게 되겠소? 언제나 우리는 드러나 있고, 적들은 감춰져 있는 이상, 아니, 이번에는 하나도 아닌 여럿을 상대하느라 이번에야말로 무림이 끝장날지 모르오."

"무량수불."

마교, 혈황, 천살성.

여기에 일전에 하진성이 언급한 제삼의 세력까지 더해지면, 지금처럼 여러 갈래로 쪼개진 힘으로는 결코 막아내지 못할 것이다.

"다는 무리일지라도 몇 군데의 힘이라도 모아야 하오. 그 후, 그렇게 탄생된 단체의 수장을 모용 시주로 추대한다면 빈승은 충분히 가능성이 있는 일이라 보오."

자고로 분열된 내부를 하나로 모으는 데 있어서 외부의 적보다 좋은 것은 없다고 했다.

그리고 그 모인 힘을 대부분 인정하는 자가 맞는다면?

"그렇게 합시다. 방장 뜻대로 이 땅에 다시 한 번 무림맹을 세워 봅시다. 그걸 위해서라면 빈도도 힘을 아끼지 않겠소."

역사 속에 필요에 따라 몇 번이고 만들어졌다가 해체되길 반복한 무림맹.

때에 따라선 거대 공룡과 같은 힘을, 또 때에 따라선 단순히 상징적인 의미 이상은 되지 못한 한시적인 단체.

그 무림맹이 십패의 두 수장에 의해 다시 한 번 창설이 결정되어지는 순간이었다.

❖

"아, 안 돼!"

다급히 소리치며 몸을 일으키던 가법존자가 곧 그보다 더한 비명을 지르며 쓰러졌다.

"크윽!"

어디 한 군데 부서지는 듯한 고통이 느껴지지 않는 곳이 없었다.

아니, 이렇게 고통을 느끼는 자체도 또 다른 고통이었다. 몸을 움찔댈 때마다 새로운 고통이 깨어 있던 정신을 다시 나락으로 떨어트릴 것만 같았다.

"놀고 있네."

하지만 그 순간 전해진 한마디가 가법존자에게서 비명은 물론 몸의 움직임도 앗아 갔다.

나무토막처럼 빳빳이 굳어져 미동조차 없었다.

"어쭈! 내가 곰이야? 죽은 척을 하게? 얼른 눈 안 떠?"

그러나 요지부동.

가법존자는 여전히 나무토막 신세였다.

"좋아, 그럼. 그대로 눈 감은 채로 맞자. 뜨고 맞나, 감고 맞나, 어느 쪽이 더 아픈지 이번 기회에 경험해 두는 것도 좋겠지."

이 말이 끝나기 무서웠다.

거짓말처럼 가법존자의 눈이 떠지고, 용수철처럼 제자리에서 몸을 일으켰다.

"자, 잠깐!"

퍽!

"컥!"

잠깐이란 말이 무색하게 아랫배를 가격당한 가법존자가 바닥을 뒹굴었다.

그 이후론 때리는 자와 맞는 자 사이에 어떤 말도 오가지 않았다.

있는 소리라곤 시원하게 가죽 북을 두들기는 듯한 경쾌한 타작 소리뿐, 일체 다른 소음이 없었다.

"끄륵……."

또다시 가법존자가 요상한 신음을 흘리며 정신을 놓았다.

"뭐야, 이번엔 고작 일각이야? 쯧쯧. 맷집 하고는."

기도 안 찬다는 듯 혀를 차던 유장천이 그제야 때리던 것을 멈추고 곁의 심옥당을 찾았다.

"치료해."

"예!"

이런 일이 벌써 한 번도 아닌 다섯 번째였다.

심옥당도 이젠 더는 묻지도 따지지도 않고 그저 시키는 대로 가법존자를 치료했다.

주로 추궁과혈을 통해 막혔던 기맥과 어혈을 풀어 주는 일이었다.

그렇게 대략 반 각 정도 흘렀을까?

"으음……."

앓는 신음과 함께 가법존자가 눈을 떴다.

하지만 그를 기다리고 있던 건 한순간 미친놈에서 염왕이 되어 버린 유장천의 한마디였다.

"자, 그럼, 여섯 번째를 시작할까?"

할까라는 말이 끝나기 무서웠다.

퉁기듯 자리에서 몸을 일으킨 가법존자가 그대로 공중에서 몸을 뒤집었다.

"……."

그 한 번의 동작에 말을 꺼냈던 유장천이나 지켜보던 심옥당 모두 말을 잃었다.

진정 말이 필요 없는 자로 잰 듯한 오체투지의 자세였다.

배와 이마까지 바닥에 댄 모습이 입으로 떠드는 수 마

디의 말보다 더한 의미를 전달하고 있었다.

절대 복종.

살려 달라 죽여 달라 애걸복걸하는 것보다 이보다는 못할 것이다.

[이쯤에서 끝내도 될 것 같군요. 왠지 더했다간 정신 이상이라도 일으킬 것 같습니다.]

오죽하면 심옥당이 이런 전음을 보냈을까?

"쩝."

그래도 아쉬움이 남는지 유장천이 짧게 입맛을 다셨다.

이로 인해 가법존자가 잠시 몸을 떨었지만, 어쨌든 더는 천당과 지옥을 오가는 고통을 안 당해도 되었다.

"이제 그 둘을 불러 오도록 해."

"예."

현재 유장천들이 있는 곳은 곤륜산의 한 동혈이었다.

이곳에 오기 전 아미라를 통해 대강의 사정을 듣고, 마지막으로 가법존자의 이야기를 듣고자 잠시 사전 준비 작업을 갖게 되었다.

다만 그 과정이 생각보다 과격할 수 있어 신타궁의 두 사람을 잠시 동혈 밖으로 내보낸 상태였다.

이제 그것이 끝난 이상 그들을 통해 가법존자의 이야기를 확인할 필요가 있었다.

잠시 후, 동혈 밖에서 심옥당이 아미라와 아진타를 데리고 들어왔다.

그때까지도 가법존자는 여전히 오체투지를 풀지 않은 체였다.

당연히 들어서는 아미라와 아진타도 제 눈으로 이 모든 걸 확인하게 되었다.

"……!"

누가 먼저랄 것도 없이 둘 다 흠칫하는 반응을 보였다.

그래도 얼마 전까지는 자신들을 거의 나락으로 몰던 자가 아니던가? 그런 자가 한순간에 고양이 앞의 쥐 신세라니…… 왠지 마냥 좋아하기엔 어려운 무언가가 느껴졌다.

"자, 이제 오늘 일에 대한 주인공들이 다 모였으니, 본격적인 이야기를 나눠 보도록 하지. 듣자니 네놈이 이 둘을 쫓은 것이 신타궁이 외부에 도움을 청하지 못하게 막기 위함이라면서?"

"예. 그 일을 막고자 본 사 십이존자 중 여덟이 나섰는데, 우연찮게 팔방으로 흩어졌던 탈출자 중 진짜라 할 수 있는 이들을 제가 쫓게 되었습니다."

"그런데 정말 이번 일에 동원된 것이 너를 포함한 십이존자의 여덟이 전부냐? 아무리 생각해도 천하의 신타궁을 이 지경까지 몰아붙이기엔 네놈이 속한 혈가람사란 것이 그다지 대단한 곳까지는 않던데."

"맞습니다. 사실 본 사 단독으로는 결코 일을 여기까지 끌고 오지 못했을 것입니다. 다 이번에 함께 움직인 여덟 문파. 변황련의 주축이랄 수 있는 그 여덟 문파의 정예들이 함께 움직여 이뤄 낼 수 있었습니다."

"변황련이라 내 아직까지 변황사패는 들어 봤어도 변황련이란 말은 금시초문인데. 혹시 변황사패의 나머지가 주축이 돼, 만들어진 곳이냐? 적어도 너희와 반대에 서는 서장의 포달랍궁은 제외하더라도, 막북의 철기맹이나, 아님, 북해의 북해빙궁이 이번 일의 원흉이더냐?"

"아닙니다. 변황련은 변황사패와는 상관없는 새롭게 변황을 일통하려는 련주의 의지에 의해 만들어진 곳입니다."

"련주라…… 대체 그자가 누구이더냐? 적어도 변황사패를 집어삼킬 자라면 절대 무명소졸은 아니겠지?"

말을 하는 유장천이나 가만히 듣고 있던 심옥당, 아미라, 아진타 모두 눈을 빛냈다.

특히 련주란 자에 의해 직접적인 피해를 입은 신타궁

의 인물들은 가히 눈빛으로 가법존자를 난도질이라도 낼 것 같았다.

하지만 사람들의 바람과 달리 가법존자의 고개는 씁쓸히 좌우로 저어졌다.

"죄송합니다. 저도 거기까지는 알지 못합니다. 제가 아는 건 오로지 변황련의 속한 여덟 문파의 수장들만 그분을 만났을 뿐, 그 외에는 저처럼 누구도 그분을 본 적도, 만난 적도 없습니다."

"혹 네놈이 아직 정신을 못 차려 거짓을 말하는 것은 아니고?"

그랬다간 당장이라도 가법존자의 머리를 반으로 갈라놓겠다는 듯 유장천의 운룡이 연신 그의 머리를 두드렸다.

"아, 아닙니다. 절대 거짓말이 아닙니다. 저도 우연히 방장을 통해 련주의 성이 공야(公冶) 씨라 들었을 뿐, 젊은이인지 노인인지 심지어 남자인지, 여자인지도 모릅니다."

'뭐, 공야 씨?'

한 순간 유장천은 머릿속이 낚싯바늘에라도 꿰인 듯한 기분이 들었다.

공야……. 흔하지 않은 복성임은 둘째치고라도 분명이 두 자가 들어간 이름을 말하려면 제일 먼저 공이란 글자를 언급해야 했다.

'설마? 야수궁주 놈이 말한 공이 들어간 이름을 가진 자가…….'

공야 씨란 성씨를 가지고, 평소 야수궁이 중원보다는 변황 쪽과 더 가까이 지냈다는 사실을 더 한다면…… 또, 그자가 가히 변황사패의 한 곳인 신타궁을 핍박할 변황련이란 단체를 만들 능력자라면…….

꾸욱.

자연스레 운룡을 든 유장천의 손에 힘이 들어가고, 그 힘은 고스란히 가법존자의 머리에 전해졌다.

"혹 그자가 혈령인이란 무공을 사용한다더냐? 아니, 너희들이 끌어들인 무리 중에 중원의 야수궁은 해당되지 않은 것이냐?"

쿵.

가법존자의 머리가 거칠게 바닥에 부딪혔다.

"모, 모릅니다. 정말 이 이상은 오로지 여덟 문파의 수장들만 아는 내용이라…… 용서해 주십시오, 제발 용서해 주십시오."

이 순간 그가 살고 죽는 것 모두 오로지 유장천의 마음에 달렸기에 그저 빌고 또 빌기만 했다.

"크으윽."

그런데도 가법존자의 머리에 가해지는 운룡의 힘이 점점 거세져만 했다.

이대로라면 당장에라도 그의 머리가 부서질 것 같아, 아니, 그보다 심옥당은 또다시 유장천이 분노로 이성을 잃을까 그것이 걱정되어 나섰다.

"주군. 이자를 닦달한다고 해결될 일이 아닙니다. 지금은 그보다 이자를 통해 더 많은 정보를 알 자와 접촉하는 것이 먼저입니다. 그러니 부디 이쯤에서 분노를 삭히십시오. 자칫하다간 아미파에서의 실수를 또다시 재현할 수도 있습니다."

'젠장!'

다른 건 몰라도 아미파의 실수가 유장천의 머리에 찬물을 끼얹은 듯한 효과를 발휘했다.

그것은 곧 또다시 천살성의 저주에 몸과 마음이 빼앗긴다는 소리인데, 늘 함부로 이빨을 보이지 말란 북궁적의 호통이 아니라도 유장천 스스로도 그것은 용납할 수 없었다.

스르르.

가법존자의 머리로 향해 있던 유장천의 운룡이 힘없이

옆으로 흘러내렸다.

그것을 보고 심옥당이 남모르게 가슴을 쓸어내렸다.

유장천은 그 마음을 아는 듯 모르는 듯, 한마디를 남기고 밖으로 사라졌다.

"머리 좀 식히고 오겠다."

"예, 그때까지 제가 좀 더 정보를 알아보도록 하겠습니다."

하지만 유장천은 아무런 대답도 없이 성급히 밖으로 사라져 버렸다.

오히려 그것이 더 잘되었다는 생각에 심옥당은 좀 더 편히 아미라와 아진타를 바라볼 수 있었다.

"아무래도 굳이 두 분의 부탁이 아니더라도 주군께서 이번 일에 나설 것 같소. 적어도 그렇게 되면 여러분이 도움을 원하려던 곤륜파보다는 나은 결과를 얻게 될 것이오."

"정말…… 그렇게 될까요? 변황사패라는 우리들도 어쩌지 못한 적인데요."

아미타가 안심할 수 없다는 듯 걱정을 드러냈다.

"반드시 그렇게 될 것이오. 혹 그 공야 씨란 자가 주군이 생각하는 그자의 화신만 아니라면…… 아니, 아마 그자라도 무슨 수를 써서라도 이번만큼은 주군도 그 끝을 보려 할 것이오."

"음……."

그런데 여전히 우려를 드러내는 아미라와 달리 아진타는 조금 다른 반응을 보였다.

"설혹 그렇다 해도 우린 여기까지 온 목적을 포기할 순 없소. 적어도 곤륜파에 알려 좀 더 많은 힘을……."

"무리일 거요."

"……?"

"우리가 떠나온 곳이 다름 아닌 곤륜파였소. 그들은 현재 당면한 문제로 누군가를 도울 형편이 되지 못하오. 그리고 주군께서도 그들이 이번 일에 끼는 것은 별로 좋아하지 않을 것이오. 그렇게 되면 당신들은 주군과 곤륜파 이 둘 중 한쪽을 택해야 할 텐데. 나라면 결코 그런 상황을 만들지 않을 것이오."

"음……."

결국 아진타도 신음을 끝으로 입을 다물었다.

곤륜은 어디까지나 가능성이고, 눈앞의 건곤무제의 후예는 이미 정해진 결론이나 다름없었다.

만에 하나 이 둘 중 꼭 한 가지를 선택해야 한다면 어느 쪽에 더 무게가 기울지는 빤한 일이었다.

그렇게 두 사람이 더는 이의를 제기할 것 같지 않자 심옥당의 관심은 자연스레 여전히 고개를 들지 못하는 가법존자에게 향했다.

"자, 이제 가법존자 당신 하나 남았소. 이대로 무조건 주군의 뜻에 따를 것이오? 아니면 주군의 뜻에 의해 죽지도 살지도 못하는 그런 삶을 살아갈 거요?"

"무, 무조건 따르겠소."

묻기만을 기다렸다는 듯 바로 튀어나온 가법존자의 말.

이로서 유장천은 바라든 바라지 않든 모두의 동의를 얻은 채 변황으로 향하게 되었다.

6

의문(疑問)

과연 동일인인가!

산길을 걷는 내내 유장천의 머리를 혼란스럽게 만드는 원흉이었다.

사실 이 일의 시초는 가법존자에게 이야기를 들었던 시기보다도 한참 더 전이었다.

유장천이 서문세가에 이어 당문을 방문했을 때였다.

생각지도 못하게 당문이 야수궁에 핍박당하고 있음을 알게 되었다. 당연히 참지 못한 유장천은 결국 야수궁주 야수권왕 철무극이란 자와 대결을 하게 되었다.

문제는 바로 여기서 시작되었다.

철무극이 죽기 직전 펼쳤던 한 가지 무공. 놀랍게도 이 무공이 유장천이 그토록 증오하는 혈황 위지악의 혈무마공이었다.

물론, 철무극은 결코 혈무마공이란 이름을 꺼낸 적은 없었다. 혈령인이란 생소한 이름으로 그걸 불렀을 뿐.

하지만 다른 자는 몰라도 유장천은 아니었다.

혈무마공에 당해 본의 아니게 운무곡에 은거하게 된 그는 결코 착각할 수 없었다.

게다가 이 일은 고작 삼 년밖에 안 되는 유장천의 은거 기간을 한순간에 육십 년으로 탈바꿈시켜 놓았다. 더 충격적인 건 이러한 변화 속에 벌어진 끔찍한 사건이다.

한 사람도 아닌 친우 중 셋이나 비명을 달리했다는 것이다.

여기에 한몫 단단히 한 것이 역천미리진.

본래는 귀찮게 하던 자들과 또, 만에 하나 찾아올 혈황의 잔당들을 막기 위함이었건만!

진정 그 진이 가로막은 건 혈황이 아닌 그의 도움이 절실했던 지인들의 발길이었다.

이 이후 유장천의 행보는 오로지 혈황 한 사람에게 초

점이 맞춰졌다.

단순한 의심이 아닌 뇌웅 서문패의 시신에 남은 혈화쇄혼인의 상흔으로 그의 흔적을 쫓았으니까.

그러나 미처 느끼지 못해서 그럴 뿐, 육십 년이란 세월은 결코 작은 시간이 아니었다.

상전벽해란 말이 실감될 정도로 유장천이 알던 모든 것을 싹 바꾸어 놓았다.

무림의 새로운 강자들이 일야와 십패로 바뀐 사건은 솔직히 작은 편에 속했다. 진짜는 혈황과 자신의 일을 그저 하나의 전설처럼 느끼고 있다는 사실이다.

당연히 그런 혈황의 흔적이 남아 있을 턱이 없었다. 아니, 아예 없는 것은 아니었다.

혈황지보.

심옥당을 통해 얻게 된 혈황의 무덤의 위치를 품고 있다는 장보도.

그리고 이걸 한순간에 뒤집은 사건이 바로 이 순간 유장천을 혼란스럽게 하는 한 사람의 존재.

"아, 아니다. 그는 분명 혈령인이라고…… 자신의 이름은 위지악이 아닌 공…… 공……."

철무극의 유언과도 같았던 '공'이란 한 자가 이 모든 문제의 열쇠가 되었다.

'공…… 그리고 변황련주 공야천…….'

유장천은 공야천이란 이름을 가법존자를 통해 처음 들었다.

놀랍게도 그는 변황련이란 변황사패의 한 곳도 감당 못할 단체를 만들어 현재 변황을 제 발 아래 무릎 꿇리고 있는 중이었다.

'과연 그자와 야수궁주가 말한 그자는 동일인인가?'

아니라면 모든 건 다시 원점으로 돌아가게 된다. 유일하게 이를 막을 수 있는 가능성이라곤 야수궁이 중원보다 변황과 가깝게 지냈다는 점.

적어도 변황련 정도를 만들 수 있는 자가 아니라면, 결코 야수궁주가 무공을 배우지 않았을 거란 바로 그 사실 하나뿐이었다.

"음……."

하지만 너무 막연했다. 유장천은 자기도 모르게 침음을 삼켰다.

그 순간 이제껏 침묵 속에 그 뒤를 따르던 심옥당이

말을 건네 왔다.

"주군."

"별일 아니다."

유장천은 괜히 방해받기 싫어 이 말을 꺼낸 것인데, 심옥당이 그를 부른 건 조금 전의 침음 때문은 아닌 듯했다.

"이상합니다."

"이상?"

"예, 아마 주군도 저와 같은 생각이실 것입니다. 곤륜파 장문인이 언급했던 수상한 자들과 신타궁 사람들이 동일인이 아니란 점에 있어선."

"그래서?"

"앞으로 우리는 그들과의 충돌도 염두에 두어야 합니다. 지금처럼 무턱대고 움직일 게 아니라 사전에 준비를……."

"달라질 건 없다."

심옥당보다 먼저 유장천이 결론을 내렸다.

"주군……."

"막아서면 넘어트리고, 그래도 귀찮게 하면, 두 번 다시 그런 짓을 못하게 각인시켜 주면 그만. 그리고 앞으론 이것도 네가 보관토록 해라."

말끝에 유장천이 접힌 양피지 조각을 심옥당에게 건넸다.

'이건…….'

굳이 풀어 볼 필요도 없었다.

애초 심옥당이 유장천에게 주었던 물건이기에 모를 수 없었다.

하지만 너무나 확고한 유장천의 태도에 심옥당도 더는 무슨 말을 꺼낼 수 없었다.

그저 서둘러 양피지를 받아 품에 넣은 것이 그가 할 수 있는 전부였다.

산은 해가 빨리 지는 편이다. 서두른다고 서둘렀지만, 유장천들은 여전히 곤륜산 중턱 어딘가에 있었다.

"잠깐!"

갑자기 선두에서 길을 열던 유장천이 뒤따라오는 자들을 멈춰 세웠다.

다들 두 눈에 의문을 드러냈으나, 어떤 이는 경외로서 또 어떤 이는 공포로서 묻지 않고 가만히 유장천의 다음 말을 기다렸다.

“여기서 일행을 둘로 나눈다.”

“예?”

적어도 남들보다 사정이 나은 심옥당이 의문을 드러냈다.

“너는 이대로 신타궁 사람들을 이끌고 청해를 넘어라. 다시 만날 장소는…….”

유장천이 만날 장소는 신타궁 사람들이 정하라는 듯 그들을 바라보았다.

하지만 누구 하나 쉽게 입을 열지 못했다.

애초 지금 상황 자체도 꼭 자다가 깨 겪는 일 같았기 때문이다.

그나마 아미라 쪽이 아진타보다 눈치가 빠른지 먼저 입을 열었다.

“약강(若羌)이요! 청해에서 신강으로 넘어와 제일 먼저 접할 수 있는 가장 큰 도시니 찾는 데 어렵지 않을 거예요. 더군다나 그곳에는 본 궁을 돕는 사람들이 많아요. 굳이 연락 방법을 정하지 않아도 저희 쪽에서 먼저 찾을 수 있어요.”

“그럼 그렇게 하시오. 가짜 중!”

“예? 예.”

"넌 나와 함께 간다."

두 번의 질문은 없다는 유장천이 대답도 듣지 않고 먼저 걸음을 옮겼다.

"예……."

제 처지를 잘 아는 듯 가법도 순순히 그 뒤를 좇았다.

[난 이제부터 미끼가 될 것이다. 그것이 중원의 무리든 아니면 변황의 무리든 심지어 혈황의 잔당이라도 좋다. 이제보다 더욱더 그들의 주위를 내게로 돌릴 것이다. 그사이 안전하게 신타궁 사람들을 신강까지 돌려보내 주어라. 그런 뒤 이제부터 내가 시키는 일을 차질 없이 진행토록 해라. 일단…….]

유장천은 앞으로 심옥당이 해야 할 몇 가지 일들을 전달했다.

대체 무슨 내용인지 심옥당의 눈동자가 시간이 갈수록 자우로 크게 흔들렸다.

[그럼…… 너만 믿는다.]

이 말을 끝으로 더는 유장천의 전음이 들려오지 않았다.

하지만 심옥당의 귓속에서는 연신 '믿는다' 라는 말이 맴돌고 있었다.

'처음인가? 주군이 날 믿는다는 말을 꺼낸 것이……?'

이 때문인지 심옥당도 더는 자리만 지키고 있을 수 없었다.

"우리도 갑시다."

유장천과는 다른 방향으로 신타궁 사람들을 이끌고 북으로 나아가기 시작했다.

❖

"그러고 보면 굳이 자네가 날 찾아올 필요도 없었겠어. 내가 말한 그 마수가 이미 그자를 향했을 수도 있겠군. 자네의 뜻과 무관하게 대신 자네 조부의 묵인 아래 말이지."

'진정 사실인가? 하오문주의 말처럼 할아버지는 손자인 나마저 속여 온 것인가?'

실제로 속여 온 것인지, 아님 말할 필요를 못 느낀 것인지는 당사자에게 직접 묻기 전까진 알 수 없었다.

하지만 이 순간 모용각은 속였다는 생각밖에 들지 않았다.

누가 뭐래도 조부 모용백은 이 시대가 인정한 진정한

의인이었다.

그렇기에 별다른 세력도 없는 조부의 뜻을 천하가 인정하고 따르는 것 아니겠는가.

이는 모용백의 무위가 천하제일인가 아닌가는 둘째인 문제였다. 가장 단순한 한 주먹이 열 주먹을 당할 수 없단 진리를 빗대 보면 알 수 있는 일이다.

"역시나 조부께 직접 확인해 보는 수밖에."

어쩌면 이 일로 모용각은 이제껏 지켜 온 모든 것들을 제 손으로 파괴시켜 버릴지도 몰랐다.

조부와 같은 길을 걷겠단 오랜 꿈과, 절대 스스로를 기만하지 않겠다는 굳은 결의.

조부가 진정 그를 속이고 있었다면 이 두 개의 가치란 결국 신기루와 다름없기 때문이었다.

"결국 신기루인가?"

피식.

자문하던 모용각이 어딘가 씁쓸해 보이는 듯한 미소를 지었다.

"그래도 난 결코 그처럼 내 자신의 이익을 위해 움직이진 않을 것이다. 비록 그 죗값으로 죽어 유황불에 떨어질지라도 모든 건 천하 안녕을 위해! 그 하나만을 위해 움직이리라!"

비온 뒤에 더 단단해지는 대지처럼 이로써 모용각의 진정으로 조부의 뜻을 이어받을 수 있게 되었다.

그래선지 하오문을 뒤로하고 호림모용가로 향하는 그 발걸음에 더는 망설임이 느껴지지 않았다.

❖

휘유우우.

바람이었다. 밤이 되어 차가워진 대기가 산을 타고 아래로 흐르는.

그 산바람을 타고 유장천이 모습을 드러냈다.

그 순간 또 하나의 바람이 불었다.

이번 바람은 위가 아닌 아래쪽으로부터 부는 바람으로 그 바람도 역시나 사람을 대동하고 있었다.

하나같이 시체처럼 표정이 없는 자들로 목적 없이 나타난 건 아니란 듯 바로 유장천 앞을 막아섰다.

"이번에야말로 진짜가 나타났군."

유장천이 인사처럼 한마디를 건넸다. 일전에 곤륜파 장문인이 언급했던 수상한 자들이 바로 이들이란 의미이

리라.

하지만 막아선 자들은 진의는 확인해 주지 않고, 혹 강시는 아닌가 의심될 정도로 누구 하나 입을 떼지 않았다.

"어차피 문답무용. 괜스레 시간 낭비하지 말잔 뜻인가?"

그렇다는 듯 막아선 자들이 동시에 숨겨 놓았던 발톱을 꺼냈다.

창!

흔히 호조검(虎爪劍)이라 불리며 주로 살수들에게서나 많이 이용되는 검이었다.

평소에는 팔목에 감추었다가 지금처럼 누군가를 죽이려 할 때에 호랑이가 발톱을 꺼내듯 손 등 위로 검신을 뽑아낸다.

여기엔 단점과 장점이 존재했다.

장점은 손이 자유로워 또 다른 병기를 쓸 수 있다는 것이고, 단점은 검을 손목이 아닌 팔을 이용해 움직여야 하기에 세밀하지 못하단 것이다.

하지만 어차피 살수들은 대부분 화려함과는 거리가 멀었다.

세밀함보다는 빠르고 강력한 실리. 그래서 이들은 손안에도 살행의 성공을 위한 비밀 병기를 하나씩 감추고 있었다.

'적어도 그때의 그놈들과는 또 다른 분위기다.'

유장천은 눈앞의 이들을 대한 순간 자신의 짐작이 틀렸음을 직감했다. 이들은 결코 출도 후 끊임없이 그의 주위를 맴돌던 자들이 아니었다.

어디까지나 그들은 감시의 성향이 강했지, 이처럼 노골적으로 살의를 드러내진 않았기 때문이다.

그렇다고 달라질 건 없었다. 막아서면 무너트리고 넘어서는 것이 이제까지의 유장천 방식이었다.

"가짜 중."

"예?"

"미리 경고하는데 쓸데없는 생각은 하지 않은 게 좋을 거야. 혹 싸움 중에 도망을 친다든가, 아님, 나를 향해 칼이라도 겨눴다간…… 네놈이 경험한 다섯 번의 면담이 얼마나 즐거운 추억이었는지 뼛속 깊이 각인시켜 줄 테니."

면담이라 쓰고 고문이라 읽어야 했던 지독했던 순간들.

그걸 고작 즐거운 추억으로 만들겠다니…… 가법존자는 마치 목의 뼈가 사라진 것처럼 연신 고개를 끄덕였다.

"좋아. 그럼 마지막으로 하나 더."

"……?"

"끝까지 잘 살아남아 봐. 안 그럼, 바로 여섯 번째 면담에 들어갈 테니."

이 말이 끝나기 무섭게 전방을 향해 뻗어져 나가는 유장천의 그림자.

어찌나 날쌔고 빠른지 잔영이 마치 풀어놓은 비단 같았다.

이에 대한 상대의 반응도 나쁘지 않았다.

중간은 빠지고, 좌우 양옆은 앞으로 나서는.

이렇게 되니 자연스레 유장천을 그 안에 가둘 수 있었다.

캉!

"……!"

하지만 그들의 이런 의도는 단 한 번의 충돌로 무산되고 말았다. 일차로 유장천을 제지해야 할 자들이 막지 못하고, 힘에 밀려 포위망에 구멍을 만들고만 것이다.

"생각보다 시시하군."

유장천이 말로써 한 번 더 그 사실을 적들에게 주지시켰다.

당연히 그들의 표정이 처음보다 몇 배는 더 굳어지기 마련이었다. 게다가 뚫린 구멍도 서둘러 막았다.

그때까지 유장천은 마치 남의 일인 것처럼 가만히 서

서 그 어떤 행동도 하지 않았다.

오히려 그러기를 기다렸다는 듯 그제야 다시금 싸울 채비를 갖추었다. 하지만 여전히 애검인 운룡은 검집을 씌어 놓은 그대로였다.

"한번 더 기회를 주지. 내가 운룡을 뽑기 전까지 젖 먹던 힘까지 쥐어짜 봐. 뽑고 나선 아예 그럴 기회도 없을 테니."

삐익!

그 순간 요란한 초적 소리가 울려 퍼졌다.

아무래도 막아선 자들 외에 또 다른 누군가가 있는 듯했다.

어쨌든 초적소리가 들리고 적들의 행동이 더욱 기민하고 영활해졌다. 역시나 이들의 움직임은 호조검을 쓰는 자들답게 직선적이고 속도에 치중되어 있었다. 이런 이유로 일견 움직임이 단순할 듯했지만 아니었다.

진이 만들어 내는 효용이라고 할까? 단순한 움직임이 여러 사람에 의해 톱니바퀴처럼 맞물리자 꽤나 복잡한 변화를 만들어 냈다.

특히 이들은 유장천이 일전에 악록산 애만정에서 상대했던 후기지수들과는 달랐다. 그들에겐 어느 정도 허점이라는 것이 있었는데 전문적인 살수답게 그러한 점을 찾아보기 힘들었다.

'하지만 나도 그때의 내가 아니지.'

사실 망설일 이유가 없는 건 이쪽도 마찬가지였다.

어차피 자신을 죽이기 위해 막아선 살수. 그런 자들에게까지 자비심을 나눠 주기엔 과거는 몰라도 현재는 전혀 그럴 필요 없는 악당이었다.

그물처럼 좁혀 오는 상대의 공세에 그물로썬 도무지 잡을 수 없는 거대한 힘으로 맞섰다.

자색서기가 유장천의 전신에서 폭발하듯 터져 나오고, 운룡이 마치 그런 자색 바다를 유영하듯 이리저리 헤엄쳐 다녔다.

퍼버버버벙!

카가강!

폭죽 터지는 듯한 소리와 쇠가 부러져 나가는 듯한 소리가 끊임없이 이어졌다.

후우우우!

뒤이어 그 사이를 유장천이 맴돌며 일으킨 먼지바람이 휩쓸었다.

"큭!"

"욱!"

그사이를 뚫고 들려오는 갖가지 비명들. 비록 한순간 싸움 현장을 놓친 가볍존자지만, 안 봐도 결과가 보였다. 이미 유장천이 어떤 인간인가 뼈저리게 느꼈기에 의문이 있을 수 없었다.

잠시 후, 역시나 먼지구름이 가라앉은 자리엔 승자와 패자가 확연히 드러났다.

별것도 아니란 듯 오만한 미소를 짓고 있는 유장천과 설마 이렇게 쉽게 결판이 날 줄 몰랐다 얼이 나간 적들. 그들은 이 순간 자신들의 무표정이 깨어졌다는 것도 모르고 있었다.

삐이익!

그 순간 또다시 신경 거슬리는 초적소리가 들렸다. 그런데 처음과 달리 초적소리가 빠르게 이곳과 가까워지고 있었다.

'적어도 입은 제대로 움직이는 인간이면 좋겠군.'

조금 전 상대한 자들은 원체 입을 열 것 같아 유장천은 내심 조금 더 대화가 통할 자가 나서길 바랐다.

어쨌든 또다시 이어진 초적소리에 유장천에 의해 낭패

를 당한 자들이 빠르게 흐트러진 포위망을 추슬러 갔다.

그러나 이번 일로 언제든 이런 허술한 포위망은 뚫고 나갈 수 있어 유장천은 또 다시 그들이 하는 짓을 가만히 지켜보았다.

대신 다섯 번의 정신교육 후 이젠 완전 제 위치를 상실한 가법존자를 상대했다.

[정신 챙겨. 괜히 넋 놓고 있다가 목 날아가기 싫으면. 아니면, 여섯 번째 면담이 하고 싶어 일부러 그러는 거야?]

부르르.

면담이란 두 자에 가법존자의 몸이 바로 반응을 보였다. 그래선지 마치 얼음물이라도 뒤집어쓴 듯 두 눈이 초롱초롱 빛을 발했다.

그렇게 두 사람이 각자의 위치를 다시금 각인시키는 사이. 문제의 그 초적소리의 주인공이 나타났다.

이제와 달리 그는 정체를 드러내기 싫은 듯 얼굴에 복면을 쓰고 있었다. 그런데 일반적으로 대부분의 복면인들이 검은색 복면을 쓰는 데 반해 그는 은색 복면을 쓰고 있었다. 그러고 보면 입고 있는 의복도 같은 색이었다.

"생각보다 더 대단한 젊은이군."

편하게 말을 걸어오는 음성은 적어도 환갑은 넘어 보

였다.

그렇다고 적을 상대로 유장천은 별로 예를 차리고 싶은 생각은 없었다.

"그 점은 피차일반이군. 그 나이에 은색 복면에 은색 의복이라…… 젊은 나도 못할 복장이야."

"그거 안타깝군. 만일 원한다면 내줄 마음도 있었는데."

"무슨 의미지?"

"이미 눈치채지 않았나?"

"설마 사람을 이런 상황에 몰아넣고 지금 회유해 보겠다, 그런 의미인가?"

"회유? 아니지. 이럴 때는 기회를 준다고 하는 걸세. 어떤가? 이번 기회에 천하를 어지럽히는 악당은 때려치우고 반대로 악당을 때려잡는 일을 해 보는 것이. 본래 대로라면 오히려 그쪽이 자네에게 더 맞는 천직이지 않은가?"

"흣!"

일단 유장천은 상대의 예상 밖의 제안에 코웃음으로 그 뜻을 비췄다.

"왜 내키지 않는가?"

“아니, 그전에, 악당을 때려잡든 돕든 일단 누군가를 꼬시려면 그 얼굴부터 보여 주는 게 순서 아닌가? 그렇게 모든 걸 다 꼭꼭 숨기고 있는 다음에야 누가 믿고 쉽게 그 제안에 따를까?”

“하면 내가 여기서 얼굴을 내놓으면 제안에 따르겠단 말인가?”

“하하. 아니, 두들겨 팼을 때, 좀 더 제대로 감상할 수 있단 것 외엔 내게 별로 흥미 없는 일이야.”

“그렇군. 이제 보니 자넨 연장자를 가지고 노는 취미가 있군. 생각보다 더 버릇이 없는 젊은이야.”

“연장자? 과거 누가 내 앞에서 그 말을 꺼냈다 말 그대로 한순간에 훅하고 저승으로 가 버렸지. 아무래도 오늘도 같은 일이 반복될 것 같군.”

“안타깝군. 그래도 나도 한때 건곤무제의 영웅담에 심취한 젊은 시절을 보냈는데, 그 후예를 죽여야 한다니……. 역시 나이를 먹는다는 건 생각보다 유쾌한 일이 아니야.”

“그럼 그 일을 벌이기 전에 내가 진짜 듣고 싶은 이야기를 한 가지 해 주던가.”

“혹 내 정체 이런 것 말인가?”

"역시 나이 먹으니 눈치 하난 빠르군."

"좋네. 한 가지에 한해서 무엇이든 대답해 주지."

무엇이든…….

생각보다 무척 파격적인 제안이었다. 하나 문제는 이것이 진정으로 파격이 되기 위해서는 일단 상대의 진실된 정체를 알고 있어야 한다는 것이다.

'뭐, 어차피 내가 알고 싶은 오로지 한 가지뿐이니.'

그 외는 은색복면인이 설사 소림방장이라도 관심 밖이었다.

"혈황과 어떤 식으로든 관계가 있나?"

"혈황?"

"그래. 내가 궁금한 건 오로지 그 한 가지뿐이야."

"허허. 이제껏 꽤 많은 질문을 받아 왔지만 이렇듯 당황스러우면서 흥미로운 질문은 처음이군. 역시나 혈황과 관계된 건곤무제의 후예라 그런가? 하지만 안타깝게도 혈황과는 조금도 관계가 없네."

"다행이야."

"다행? 불행이 아니고?"

"그렇지. 적어도 당신에겐 말이지. 만에 하나 혈황과 손톱만큼이라도 관계가 있었다면, 이후부터는 죽지도 살지도 못할 그런 삶을 살게 되었을 테니 말이야.”

“어디 그럼 이제부터 진짜 그럴 실력이 있나 두고 보도록 하지. 두 번째 단계로 넘어간다.”

은색복면인의 마지막 말은 이제껏 유장천을 상대했던 자들에게 내리는 명이었다.

그들은 명이 떨어지기 무섭게 양팔을 유장천에게 뻗었다.

“훗. 지금 강시놀이라도 하자는 것인가?”

그 모양새가 영락없이 강시 같아 왠지 두렵기보단 유장천은 웃음이 먼저 튀어나왔다.

하지만 그들이 다음에 벌인 행동 앞에서는 조금 당황스러울 수밖에 없었다.

“하독!”

은색 복면인의 명이 다시 떨어지고, 강시처럼 팔을 내민 자들의 손에서 독무가 뿜어졌다.

푸스스스.

너무도 느닷없고, 또 이제껏 점잔을 빼던 은색 복면인이었던지라, 유장천은 자기도 모르게 그들이 뿜어내는 몇 모금 독을 들이키고 말았다.

하지만 이미 오래 전에 만독불침까지는 아니라도 백독불침지경은 한찬 넘어선 뒤였다. 웬만한 독은 내공을 운

용하는 정도로 해소할 수 있어 크게 신경 쓰지 않으려 했건만.

"……!"

아니었다. 이제 보니 이자들이 쓴 독은 상대를 중독시켜 죽음에 이르게 하는 그런 종류의 독을 쓴 게 아니었다.

그보다 더 지독한 오히려 무인들은 더욱 골치 아프게 만드는 산공독을 쓴 것이다.

그래서 유장천은 더욱 기가 막히고 화가 났다. 당장은 극성에 다다른 건곤무극신공으로 어찌 되지는 않겠지만, 시간이 지나면 결국 그도 꽤 많은 양의 내공을 상실할 수 있었다.

"물러나라!"

문제는 이런 일에 익숙한 상대가 유장천에게 그럴 틈을 주지 않으려 한다는 것이다.

유장천이 중독된 기미를 보이자 오히려 포위망이 뚫리는 것도 연연치 않고 자기들끼리 간격도 넓게 벌렸다.

"이제부턴 사냥감이 산공독에 쓰러질 때까지 철저히 견제만 해라."

그 후, 들개가 물소를 사냥하듯 주위를 맴돌며 간간이

유장천의 배후만 파고들다 물러나기를 반복했다. 정말 하나부터 열까지 명예보단 절대적으로 실리만 추구하는 그런 전략이었다.

그래서 은색복면인도 더는 문제가 없을 거라는 듯 관심을 바로 가법존자에게로 돌렸다.

"한데 듣던 것과는 전혀 딴판인 일행이군. 소문엔 중원이십팔대 명인에 속한 심옥당과 함께라던데. 변황무림인이라…… 설마 그사이 벌써 변황무림에 줄이라도 댄 것인가?"

그 무렵 가법존자는 꽤나 머릿속이 혼란해진 상태였다.

유장천이 대단하다는 건 직접 경험하고 본 것으로 더는 의문이 없었다.

하지만 상대가 벌인 전략은 일전에 자신이 신타궁 사람들을 상대했을 때보다 더 지독하면 지독했지 결코 못하지 않은 방법이었다.

그렇다 보니 유장천도 결국 거기에 당하고, 시간 외에는 절대 해독 방법이 없다는 산공독에 당하기까지 했다.

'설마 날 시험하는 건가? 내가 진심으로 자기에게 복

종했는가, 아닌가, 그걸 확인하러?'

하지만 그걸 확인하려 이 상황에 일부러 산공독에 당한다는 것은 왠지 말이 안 되어 보였다.

다른 독도 아닌 산공독이었다. 이제껏 살아오며 당하지 않았으면 모를까. 당하고도 무사하단 사람의 이야기는 들어 본 적이 없었다.

'절대독인이거나, 아니면 무공이 더는 오를 수 없는 신화경에 다다랐거나, 이 둘 중 하나가 아니라면 결코 산공독에서 무사할 수 없다. 하지만…….'

다섯 번의 면담이 자꾸 발목을 붙잡았다.

바로 가법존자가 이런 고민을 할 때 은색복면인이 그에게 과심을 보인 것이다.

그래서 가법존자는 일단 상대를 찬찬히 살펴보았다. 겉으로 봐선 다 알 수 없어도 일단 감당할 수 있나 없나 그것을 확인해 보려고 했다.

"싸울 생각인가? 보아하니 꽤 고민한 끝에 내린 결정 같은데. 그런 이유라면 그만두게. 딱히 출가인하고 다툴 생각도 없고, 그것이 변황 사람이라면 더더욱 이유조차 못 돼지. 그냥 이제껏 살아온 대로 제 갈 길을 가는 게 더 낫지 않겠나?"

'진정 그게 더 나은가? 이대로 손 놓고 있다 이자들이 저 인간을 끝장내는 걸 지켜보는 게 가장 좋은 선택인 것인가?'

[아무래도 네놈은 여섯 번째 면담이 필요할 것 같다.]

그 순간 갑자기 가법존자의 심장을 터트릴 듯한 전음이 전해져 왔다.

"……!"

말 그대로 가법존자는 머릿속이 하얘져 더는 다른 생각을 할 수 없게 되었다.

우우우웅!

창!

이와 때를 맞춰 요란한 검명과 함께 붉은 무언가가 허공으로 쏘아졌다.

자연히 사람들의 시선이 그것으로 향했고, 마치 그걸 기다렸다는 듯 붉은 무언가가 시선을 끌어들인 채 가만히 유장천 앞에 떠 있었다.

"운룡. 마음껏 놀아라!"

지이이잉.

쐐애애액!

울던 운룡이 유장천의 품을 떠나 그 주위에서 알짱거

리는 들개들에게 쏘아져 갔다.

왠지 은의복면인과 가법존자의 속내와 다르게 상황이 변하고 있었다.

7

고립(孤立)

일심회(一心會).

분명 무림 상에 존재하고 있으나, 그 존재를 아는 이들은 거의 전무하다 할 수 있는 단체.

하나 그 구성원이 누구인가를 안다면, 누구도 일심회의 저력을 무시하지 못할 것이다.

소림방장 대방선사.

무당장교 옥양자.

마지막으로 개인으로선 현 무림에 가장 큰 영향력을 발휘하고 있다는 일야 모용백이었다.

그런데 왜 하나같이 혼자서도 충분히 세상을 움직일

수 있는 자들이 비밀스런 일심회란 단체를 만들었을까?

이에 대해선 오랫동안 무림의 골칫덩어리로 자리해 온 한 가지 문제가 지대한 공헌을 했다.

마교. 그리고 천살성.

두 가지 문제지만, 백 년 주기마다 마교가 천살성을 앞세우고 나타나기에 결국 하나일 수밖에 없는 문제.

이번에야말로 삼 인은 이 문제를 해결하기 위해 일심회란 비밀스런 단체를 만든 것이다.

하지만 왜 더 많은 자들을 끌어들이지 않고 아무리 영향력이 큰 자들이라도 셋으로 국한한 것인가?

그건 현재의 무림 상황에 기인한 바가 컸다.

일야와 십패.

육십년 전 세상을 구한 일검사우의 부재를 대신해 현 무림의 정점을 이룬 자들. 안타깝게도 이들은 일야와 십패에 속한 자들은 인정해도 그 외의 자들은 여기에 끼는 것을 달가워하지 않았다. 또한, 이들 내부적으로 손을 잡는 것도 제일 우선으로 경계했다.

하지만 일야와 무당, 소림이 가깝게 지내는 것은 예외로 두었다.

일야의 의기야 이미 무림에 잘 알려진 상태고, 나머지

소림과 무당은 그 오랜 역사 동안 한번도 제 사리사욕을 채운 적이 없었다는 점이 다른 사람들의 경계심을 크게 불러들이지 않은 것이다.

이에 비해 일전에 하오문주 하진성을 찾아 일야와 십패를 하나로 묶으려던 모용각은 어찌 보면 이런 면에서 제 조부보다도 더 큰 이상주의자라 할 수 있었다.

뭐 그 탄생 배경이야 어떻든 지금 이 순간 일야와 소림, 무당의 수장들이 다시금 한자리에 모인 것도 바로 그 천살성에 있었다.

여기에 한 가지를 더 더한다면 그 주인공이 다름 아닌 건곤무제와 관련이 있다는 것이 문제라면 문제였다.

그래서 삼 인은 자리를 함께하고, 처음 인사를 나눌 때를 제외하고는 침묵을 지켰다.

모인 장소가 말이 샐 염려가 없는 소림의 밀실이었음에도 하나같이 말을 아끼는 모습이었다.

"아미타불."

결국 이곳의 주인이기 때문인가? 대방이 불호로 주위를 환기시켰다.

자연히 두 거두들의 시선이 그에게 모이고, 그 순간 대방선사가 본격적으로 대화를 이끌었다.

"두 분 다 이 일을 전한 자가 아미 장문인임을 확인한 이상 일이 결코 잘못 전해질 수 없음을 잘 알고 있을 것이오. 그렇다면 향후 어떻게 이 일을 대처하는가…… 그것이 문제인데, 어디 각자의 생각을 말해 주시오."

"무량수불. 사실 어떻게랄 것도 없이 답은 이미 다 문제 속에 나와 있다 보오. 다른 문제도 아닌 본 회의 탄생 배경과 관계된 문제요. 제일 우선으로 처리해야 한다는 것이 빈도의 뜻이오."

"그럼, 결국 그 처리 방법이 문제라는 것인데. 모용 시주는 어찌 생각하시오? 아니, 그전에 모용 시주는 관망 쪽이오? 아님, 시급히 처리해야 한다는 쪽이오?"

말끝에 대방뿐만 아니라 옥양자의 시선도 모용백에게 향했다.

마치 두 시선이 부담스러운 듯 모용백이 잠시 눈을 감았다.

하나 다시 눈을 떴을 때는 두 사람이 놀랄 만한 말이 그의 입에서 튀어나왔다.

"참으로 공교롭게 되었소. 천살성과 무관하게 이미 그를 제제하려 사람이 움직였으니 말이오."

"그게 무슨……."

“……!”

하지만 되묻던 대방이나 지켜보던 옥양자 모두 한 사람을 떠올렸다.

“혹시 모용 시주의 의중이오?”

“후우, 아니오. 방장께서도 알다시피 그와 나의 관계는 조금 특별하지 않소? 언제나 그랬던 것처럼 지켜보기만 했을 뿐이오.”

“하나 말릴 수도 있지 않았소?”

“그것이 아무래도 아직 이 사람에게 나이에 어울리지 않게 치기가 남아 있는 듯하오. 왠지 흥미로울 것 같기도 했고, 또, 한 번은 현 무림이 만만치 않다는 충고를 하기 위해, 허허허.”

마지막에는 스스로도 민망한지 모용백이 웃음으로 얼버무렸다.

하지만 대방이나 옥양자는 그 뒷이야기를 듣지 않아도 알 것 같았다. 수도자인 자신들도 때론 무인의 호승심이 꿈틀거릴 때가 있었다.

하물며 수도자도 아닌 모용백은 어땠을까?

이 순간 나이 핑계를 대긴 했지만, 애초 태생이 무인인 이상 견디기 힘들었을 것이다.

"하지만 지금은 후회하고 있소."

그런데 웃음 끝에 나온 말은 모용백의 처음과는 사뭇 분위기가 달랐다.

"후회라니…… 그 시작이야 어쨌든 천살성은 지난 세월을 돌이켜 봐도, 단 한 번도 무림에 해악을 끼치지 않은 적이 없소. 어쩜 괜한 미련으로 시간을 끌기보단 오히려 잘된 일일지도 모르오."

옥양자가 한마디 거들었지만, 모용백은 이번엔 아예 고개마저 내저었다.

"아니오. 내 만일 그가 천살성의 주인인 줄 알았다면 결코 묵과하지 않았을 것이오. 늑대사냥꾼은 결코 호랑이를 잡을 수 없소. 반대로 외려 제물이 될 뿐. 차라리 오늘의 모임이 조금 빨랐으면…… 안타까울 뿐이오."

"음……."

이 말에는 옥양자도 더는 거드는 말을 하지 못했다.

대방도 같은 생각인지, 마치 누군가의 넋을 기리듯 작게 염불을 외웠다.

그래서 모용백이 계속 말을 이었다.

"하지만 아직 늦지 않았소. 앞으로 우리가 하는 일에 좀 더 신중을 기한다면, 더는 큰 피를 흘리지 않고 일을

마무리 지을 수 있을 것이오."

차마 제거란 말을 쓰지 못한 건 건곤무제와의 연관성 때문이었다.

혹 그가 자신의 후예가 천살성의 주인인지 알면서도 놔두었다면, 자칫 이 일로 그들은 또 다른 호랑이를 불러낼 수도 있었다.

누가 뭐래도 피는 물보다 진한 법이니.

"그러려면 일단 상대가 함부로 날뛸 수 없게 이쪽의 힘을 지금보다 수배는 더 키울 필요가 있소."

"시주의 그 말인즉슨?"

대방은 내심 짚이는 것이 있었지만, 그래도 직접 확인하는 쪽을 택했다.

"일심회가 새롭게 태어날 때가 도래했다는 뜻이오."

"아미타불."

"무량수불."

대방과 옥양자가 동시에 탄식 같은 도호와 불호를 터트렸다.

하나 이는 놀람보다는 모용백 또한 같은 생각을 하고 있다는 안도감에 더 가까웠다.

사실 애초 일심회를 셋으로 국한 시킨 건 모용백의 뜻

이었다.

자고로 관계된 자들이 적을수록 비밀을 지키기가 수월했고, 또, 뜻을 모을 수도 쉬었기 때문이다.

그래서 일심회의 존재는 호림장의 숨겨진 힘이란 구양수보다도 더 드러나지 않았다.

그런데 지금 모용백이 제 입으로 밖으로 끄집어내자고 하고 있는 것이다.

일전에 대방과 옥양자가 의견을 나눴던 영웅대회가 좀 더 구체적인 모습을 갖는 순간이었다.

"하여 본인은 새롭게 만들어질 단체의 이름을 일심맹(一心盟)으로 했으면 하오. 이제까지의 뜻을 이음과 동시에 좀 더 집단의 목적을 명확하게 하기 위함이오."

"결국 시주는 새롭게 만들어질 단체도 오로지 마교와 천살성에 국한시키잔 뜻이구려."

"그렇소, 방장."

"빈도 또한 그 의견에 찬성이오. 단순히 무림 평화라는 구체적이지 못한 이상을 내세우는 것보다 오로지 마교와 천살성에 국한시키고, 그 시한을 그들이 물러나는 때로 잡으면, 아마 동참하는 이들도 크게 반발심을 갖지 않을 것 같소."

"그렇다면 일심회를 해체하고 새롭게 일심맹으로 재탄생시키자는 모용 시주의 의견은 이것으로 만장일치구려."

대방이 마지막으로 확인한다는 듯 둘을 돌아보았다.

자연히 두 사람의 고개가 위아래로 끄덕여졌고, 거기에 옥양자는 조금 다른 의미의 눈빛을 보내 오기도 했다.

대방은 그것이 무얼 뜻하는지 잘 알았다.

일전에 두 사람이 언급했던 무림대회, 상황이 여기까지 온 이상 더는 망설일 필요가 없었다.

"하여 빈승도 의견 하나를 개진할까 하오. 이참에 동도들의 뜻을 모으기 위한 무림대회를 개최했으면 하는데, 두 분 생각은 어떠시오?"

"무림대회?"

"그렇소. 이미 천살성의 등장이 현실이 되어 버린 바 일일이 찾아다니며 뜻을 모은다는 건 괜히 시간만 더 낭비하는 꼴이라 생각하오. 하니 먼저 사람들을 한 곳에 모으고, 그 자리에서 일심맹의 존재 의의를 언급한다면 적은 시간으로 큰 수확을 얻을 수 있단 생각이오."

"빈도는 찬성이오. 요 근래 어수선해진 무림 분위기를 다 잡는다는 차원에서라도 필요하다고 보오."

옥양자는 일전에 이미 대방과 이야기를 나눈 것이 있어 바로 찬성을 표했다.

하지만 모용백은 무언가가 걸리는 듯 이 순간 눈을 감고 생각에 잠겼다.

"왜 혹 이견이라도 있소?"

대방이 일부러 물었을 정도로 묻는 그나 지켜보는 옥양자 모두 모용백의 반응이 조금 의외이긴 했다.

일심회를 일심맹으로 탈바꿈시키잔 의견은 이미 결론지어진 것 아닌가? 그런 의미에서라면 무림대회야말로 가장 최적의 선택일 텐데…….

감겼던 모용백의 눈이 다시 뜨였다.

"이견이 있다기보다는 두 가지 면에서 조금 신경이 쓰이오."

"두 가지라면 어떤 면이……?"

"바로 대회를 여는 계기와 목적이오."

"흐음."

대방은 듣고도 감이 오지 않아 자기도 모르게 짧게 숨을 내셨다.

결국 일을 벌인 자가 수습하듯 모용백이 구체적으로 그 점에 이야기를 해 나갔다.

"한데 사실 계기는 그렇게 큰 문제는 아니오. 어차피 구실이야 가져다 붙이면 그만이니. 하나 결코 평범해선 전 무림의 이목을 끌 수 없다는 걸 두 분도 잘 알 것이오."

대부분의 무림대회는 일종의 연회처럼 사람들을 불러 모아 함께 즐기고 노는 것이 대부분이었다.

가장 접하기 쉬운 비무대회가 그것으로 비록 대회 자체는 우승자를 뽑는 것이 목적이긴 하나, 그 계기는 생신 축하연부터 시작해 문파의 사기 진작까지 다양하기 때문이었다.

"무량수불. 이해하오. 한데 그렇게 되면 목적은 자연스레 정해지지 않소? 굳이 문제라고 할 것 없을 것 같소만."

대방이 침묵하자 이번에 옥양자가 나섰다.

"맞소. 하나 반대로 때론 목적이 계기를 만들기도 하오. 가령 마교 등장시마다 무림대회를 통해 초이념적 단체가 탄생했던 것처럼 말이오."

마는 정, 사의 이념과는 또 다른 이념이었다.

이들에게 있어 중요한 건 자신 외에는 누구도 인정하지 못한다는 것이었으니.

그저 일단 거슬리는 자들은 파괴하는 것이 먼저였다.

그렇기에 늘 아웅다웅 하던 정, 사 무림도 이때만큼은

모든 걸 잊고 손을 잡았다.

한마디로 마교 타도라는 목적이 무림대회를 열게 만드는 계기가 된 것이다.

"지금이 바로 그런 경우요. 마교의 등장을 예고하는 천살성이 출현했으니 말이오. 하나 문제는 그는 마교의 후예가 아닌 건곤무제의 후예라는 점이오. 과연 천하가 이 문제를 어떻게 받아들일 것 같소? 여기 모인 우리처럼 쉽게 그 사실을 받아들이겠소?"

"아미타불."

"무량수불."

왠지 질문과는 거리가 먼 불호와 도호였지만, 이걸 내뱉은 둘의 표정엔 이미 그 답이 나와 있었다.

긍정보다는 부정에 가까운 반응들이다.

둘 모두 모용백의 말 속에 내포된 자칫 이 일이 천하의 뜻을 둘로 가를 수 있단 우려를 읽은 것이다.

"아무래도 빈승이 사태를 너무 단순화시키는 우를 범한 것 같소. 천살성의 저주가 왜 건곤무제의 후예에게 이어졌는가, 그 불행만을 염려했는데, 그보다 더 염려해야 할 것은 결국 천하가 이 말을 얼마나 믿는가…… 그것에 달렸구려."

"하지만 어쩌면 그 문제는 지금의 이런 염려가 무색할지도 모르오. 누가 뭐래도 현재 그가 보이는 행보는 진정 건곤무제의 후예가 맞는가, 그것마저 의심스럽지 않소? 천하인들도 눈과 귀가 있으니 그걸 모르진 않을 것이오."

옥양자의 입을 통해서 나왔을 뿐, 이 말은 여기 있는 자들 모두 다 아는 이야기였다.

그래서 모용백도 더는 이 문제를 크게 다루지 않았다.

"본인도 그 부분을 모르는 것이 아니요. 다만 이번 일이 진행되면 적어도 서문세가와 당문, 곤륜, 개방은 우리와 다른 길을 걸을 수 있단 점을 주지시키고 싶었소."

하지만 여기 있는 누구도 이 네 곳이 대세를 뒤집을 정도로 영향력이 있단 생각은 갖고 있지 않았다.

최소 십패에라도 들면 모를까 대부분 쇠락의 길을 건거나, 혹은 변방에 위치에 있었기 때문이다.

"그래도 내우외한은 적을 앞두고 가장 피해야 할 점이니, 무림대회는 일단 그들의 태도를 확실히 정해 놓은 후에 진행하는 것이 좋을 것이오."

"좋소. 빈승은 그에 대해 이견이 없소이다."

"빈도도 같은 생각이오."

잠시 흐트러졌던 셋의 마음이 다시금 하나로 귀결되

고, 그 결과 본의와 상관없이 한 사람의 고립이 결정되었다.

❖

사방팔방을 둘러봐도 오로지 적뿐인 곳에 유장천은 홀로 서 있었다.

하지만 적들은 모두 바닥에 쓰러져 두 번 다시 일어날 생각을 못했으니…….

그래서 현실은 적들에게 둘러싸여 있어도 사면초가가 아닌 무주공산이었다.

휘리릭.

그 순간 하늘을 날던 붉은 물체가 유장천에게로 날아들었다.

다름 아닌 운룡으로 제 할 일을 다 했다는 듯 유장천이 검집을 내밀자 스르릉 그 안으로 사라졌다.

"……."

이후로 별다른 움직임도 소음도 없었다. 적이지만 유일하게 쓰러지지 않은 한 사람이 이를 갈기 전까지는 말이다.

"뿌득!"

이 순간 은의복면인에게선 더 이상 전과 같은 여유는 찾아보기 힘들었다.

단순히 수적으로만 우위에 있던 상황이 아니었다. 그 전에 먼저 산공독으로 상대를 궁지에 몰아넣어 실패하는 것이 더 이상한 그런 상황이었다.

하지만 결과는 조금도 예상치 못한 이쪽의 완패.

꿈이라면 한시 빨리 깨고 싶었고, 현실이라도 도저히 두 번 다시 경험하고 싶지 않았다.

"네 놈은 대체 누구냐?"

때문에 이어진 은의복면인의 질문도 어딘가 작금의 상황과는 조금 동떨어져 있었다.

"누구냐니? 이제껏 무제의 후예니, 그래서 회유를 하니 마니 떠들어 놓고, 설마 사람 잘 못 봤다 그리 말하고 싶은 거냐?"

"하면 네가 정말 한 치의 거짓도 없는 건곤무제의 후인이란 소리냐?"

"물론……."

일부러 상대의 속을 더 뒤집어 놓으려는 듯 유장천이 야릇한 미소를 지었다.

"아니지."

이어진 말은 왠지 야릇한 미소가 귀여워 보일 정도로 너무도 상반되었다.

"아, 아니라니……. 아니, 거짓말 마라. 이날 이때까지 우린 분명 건곤무제 후예의 뒤를 쫓았다."

"하지만 현실은 아닌 듯하지 않은가?"

그러며 다시 한 번 확인하라는 듯 유장천이 숨이 끊어져 널브러져 있는 주변의 살수들을 가리켰다.

하나같이 급소가 갈라지거나 관통된 모습들이다.

운룡이 결코 피를 보기 전에는 멈추지 않는다는 전설처럼 다들 피 웅덩이 속에 시체가 되어 있었다.

"아니다, 아니야. 네놈은 지금 헛소리로 날 혼란에 빠트려 시간을 끌려 하고 있는 것이다. 난 믿지 않는다. 네 정도의 나이에 산공독이 듣지 않은 경지라니……. 반로환동이라도 이루지 않은 다음에야."

여기까지 떠들던 은의복면인이 한순간 몸서리치며 한 발 뒤로 물러났다. 어떻게든 이 모든 걸 이해하려다 깨닫게 된 것이다.

반로환동.

평생에 단 세 번. 삼단전을 가진 인간이기에 가능한

그 가능성을 이제야 떠올린 것이다.

그러나 유장천의 고개는 또 다시 좌우로 내저어졌다.

"틀렸어. 난 결코 반로환동을 한 적도, 아니, 앞으로도 할지 안 할지 생각지도 않은 몸이야. 보이는 그대로 내 육신은 올해로 스물여덟 해를 채웠을 뿐이지."

"그럼. 대체 네놈이 누구라는 소리냐? 건곤무제의 후예도 아니고, 또, 반로환동한 것도 아니라면, 도대체 너 같은 놈이 어디서 갑자기 나타났다는 것이냐?"

"지옥!"

"……."

순간 놀리는 것은 아닌가 싶을 정도로 꽤나 허무맹랑한 말이었다.

하지만 이 순간 유장천의 얼굴엔 꽤 많은 감정들이 떠올라 있었다.

슬픔, 고통, 괴로움, 분노 등등.

문제는 이런 것에 마음이 흔들릴 정도로 은의복면인의 상태가 가히 좋은 편은 아니란 것이다.

"고작 말 몇 마디로 날 쥐고 흔들려 하더니…… 네놈이 진정 날 무시해도 너무 무시하는구나!"

우우우웅.

충격이 가시자 분노가 그제야 제 힘을 발휘하는 듯 은의복면인의 전신에서 폭발하듯 살기가 뿜어 나왔다.

일전의 살수들, 아니 그들을 이끌던 자답게 그 이상의 위세를 보여 주고 있었다.

이 모든 걸 확인한 유장천의 미간이 빠르게 좁혀져 갔다. 어차피 산공독에 의해 흐트러질 내공, 빠르게 적들을 섬멸시키잔 생각에 파괴력이 높은 공격을 펼친 것이 결국 양날의 검으로 작용하고 말았다.

앞으로 조금 전처럼 강력한 공격을 펼치는 것은 무리였다.

더불어 시시각각 줄어드는 내공으로 인해 언제까지 은의 복면인의 공격을 감당해 낼지도 미지수였다.

그럼에도 유장천은 아직 절망이란 두 자를 떠올리지 않았다. 아직 그에게 남겨진 수가 있었기 때문이다.

심영광 혹은 심영검이라 부르는 이제껏 그 가능 여부조차 알려지지 않은 초극의 경지.

이는 검심합일을 넘어선 검령합일의 경지라, 사실 내공의 많고 적음과는 크게 상관이 없었다.

다만 유장천은 아직 이를 마음대로 펼칠 수 있는 그런 수준이 아니란 것이 문제였다.

특히나 지금처럼 산공독에 의해 심신이 흐트러진 상태에선 거의 도박에 가까운 선택이었다.

하지만 예상치 못한 사건이 이 모든 걸 한낱 쓸데없는 기우로 만들어 버렸다.

푹!

"컥!"

무언가가 꿰뚫리는 듯한 소음 뒤에 터져 나온 급박한 비명 소리.

한순간에 장내의 모든 걸 뒤엎는 소란이라 관심이 모두 거기에 쏠릴 수밖에 없었다.

'저놈이 왜?'

하지만 직접 눈으로 확인하면서도 의심에 사로잡혔을 정도로 유장천은 현 사태가 바로 이해되지 않았다.

소란의 주인공은 다름 누구도 아닌 가법존자였다.

어째서 존재유무조차 불분명하던 그가 이 순간 장내의 누구보다 강한 존재감을 보이는 걸까?

"비, 비겁한 놈. 암습이라니……. 쿨럭!"

이에 대한 답은 비명 후 이어진 은의복면인의 한마디에 다 담겨 있었다.

말처럼 은의 복면인은 등 뒤에서 행해진 가법존자의

암습에 가슴이 뻥 뚫린 상태였다.

살아나는 것 자체가 기적인 절체절명의 치명상이었다.

그래서 결국 이 한마디가 은의복면인의 마지막 유언이 되고 말았다.

제대로 눈조차 감지 못하고, 육신을 지탱해 주던 가법존자의 손이 몸에서 빠져나가자 그대로 바닥에 얼굴을 묻었다.

"비겁이고, 암습이고, 모두 패자의 변명일 뿐이지. 본시 진정한 강자는 말이 없는 법이오, 시주. 환희타불."

그 위로 혈가람사만의 독특한 불호가 조소처럼 따라붙었다.

그 순간 말없이 지켜만 보던 유장천이 입을 열었다.

"무슨 의미냐?"

"무슨 의미냐니요. 다 주인을 향한 이 종복의 충성심의 발로 아니겠습니까?"

"그러기엔 너와 내 사이가 생각 이상으로 각별한 것 같구나."

"그렇지요. 다름 아닌 주인의 뜨거운(?) 손길이 절 다시금 태어나게 해 주었으니까요."

'이놈. 혹시 맞는 걸 즐기거나 하는 그런…….'

유장천은 왠지 께름칙한 기분이 들어 더는 생각을 이어 갈 수 없었다.

대신 슬그머니 정신교육을 시켜도 너무 과하게 시킨 것은 아닌가 걱정이 들었다.

그나저나 이유야 어떻든 은의복면인을 별다른 노력 없이 제거할 수 있었던 건 큰 수확이었다.

'그렇다 해도 남는 거 하나 없는 장사네.'

근본적인 산공독 문제도 여전한 상태고, 정작 이쪽이 먼저 싸움을 건 것이 아니니 굳이 승리도 대가는 아니었다.

본시 원금은 물론 그 이자도 몇 배는 받아 내야 적성이 풀리는 것이 유장천의 방식이었다.

습격한 상대의 정체라도 알아냈다면 모를까. 왠지 원금까지 손해 본 기분이었다.

'빌어먹을. 아직 갈 길이 멀기만 한데. 생각도 못한 날파리까지 꼬이다니. 그간 좀 들쑤시고 다녔다고, 전 무림이 나서 날 어쩌기로 작정이라도 한 건가?'

하지만 정말 그런 일이 벌어졌다 해도 사과할 마음은 눈곱만치도 없었다.

괜히 그간 심옥당이 유장천을 두고 속은 좁고 뒤끝만

길다고 떠든 것이 아니었다. 어찌 보면 태생적으로 영웅보다는 악당이 더 어울리는 사람이 유장천이었기 때문이다.

'에이! 지금은 그냥 처음 목적대로 변황의 일에만 집중하자. 그 후 돌아왔을 때도 여전히 날 건드린다면, 그거야말로 스스로 지옥문을 여는 길이지.'

결론을 내리자 유장천은 망설임 없이 걸음을 옮겼다.

"출발한다. 이제부턴 잠을 쪼개서라도 길을 재촉할 테니 뒤처지지 마라. 뒤쳐졌다간……."

"정신교육!"

"후후, 하나 너무 좋아하지 마라. 난 지옥 뒤에 또 다른 지옥이 있다는 걸 뼛속 깊이 각인한 자이니 말이야."

"예!"

그렇게 두 사람은 처음의 당당하던 기세에 비해 한낱 까마귀 밥 신세로 전락해 버린 살수들만 남긴 채 북으로 북으로 나아가기 시작했다.

❖

흔들리는 유등 불빛처럼 그 주위에 앉은 두 사람의 눈빛도 함께 흔들리고 있었다.

문사풍의 중년 사내와 이십 중 후반의 아름다운 여인 모두 곤란하단 눈으로 탁자 위의 서찰을 바라보았다.

서문세가의 가주 서문후와 그 여동생 서문옥이었다.

"곤란하게 되었구나."

서문후가 말로써 한 번 더 현 심정을 토로했다.

그만큼 탁자 위에 놓인 서찰에는 쉽게 손을 쓸 수 없는 내용이 담겨 있었다.

특히나 서찰을 보낸 이가 다름 아닌 무당장교 옥양자였기에 그 정도는 생각 이상으로 심각했다.

"그보다 오라버니 원로분들의 뜻은 어떤가요?"

"빤하지. 현 시점에 우리가 명문대파인 무당과 척을 질 수 없으니 다들 서찰대로 따르자 말씀하시지."

"하오나 그분은 다른 누구도 아닌 조부와 깊은 연을 맺은 건곤무제 어르신의 후인 아닌가요? 어찌 그런데도 그리 쉽게……."

"쉬운 게 아니다. 너도 들어 알고 있지 않느냐? 요즘 그에 관한 소문이 너무 좋지 않다. 스스로를 마제라 칭한다는 등, 또 십패의 한 곳인 금사궁의 딸을 건드렸다는 등, 심지어는 천하제일의인 일야마저 손자와의 일로 심기가 불편해진 상태란다. 이런 현실에 어찌 무조건 그를 두둔할 수 있겠느냐?"

"하오나 아무리 그렇다 해도 그가 악인이 아니란 건 오라버니도 잘 알잖아요. 분명 무슨 그사이에 큰 오해가 있어 그럴 거예요."

"그래. 어쩌면 나름 숨겨진 뜻이 있을지도 모르지. 하나 대부분의 사람들은 보이지 않는 건 감춰진 게 아니라 없다고 믿기 마련이다. 어쩔 수 없는 일이다. 현재로써는……."

말하면서 점점 어떤 결론에 다다르는 듯 서문후의 음성이 맥이 빠져 갔다.

반면 서문옥의 음성엔 더욱 힘이 들어갔다.

"허면 뢰아는 어찌할 거예요? 그 아이가 그분을 어찌 생각하는지 오라버니도 모르지 않잖아요."

"……."

어느 날 서문뢰가 어딘가 제 몸이 달라진 것 같다는 말을 꺼낸 적이 있었다.

독자에 거기다 현 서문세가의 소가주다 보니 서문후는 물론 원로들마저 발칵 뒤집어 놓은 사건이었다.

다행히 진맥결과 무슨 병이 생기거나 한 것은 아니었다. 오히려 전보다 몇 배는 더 건강해진 것이 진맥한 사람을 놀래게 만들었다.

그리고 그 이유를 알고자 노력한 끝에 사람들은 그 원인을 찾아낼 수 있었다.

개정세맥대법.

당장은 어떨지 몰라도 시간이 지날수록 그 진가가 발휘되는 상승대법이었다.

대체 누가 이런 놀라운 상승대법을 서문뢰에게 펼친 것일까?

하지만 생각보다 이런 고민은 오래가지 않았다.

현 서문세가에서 단독으로 개정세맥대법을 펼친 자는 전무하다 할 수 있었다. 그나마 가능성은 원로들 여럿이 모여 실행하는 것인데, 당사자들이 그런 적이 없으니 결론은 하나였다.

유장천.

그가 세문세가를 방문하기 전까지는 전혀 그런 일이 없었기에 그 외의 결론은 나오지 못했다.

이후 서문뢰의 유장천에 대한 마음이 존경을 넘어 거의 추앙에 가까워졌다.

이런 사실을 서문후도 모르지 않았다.

그래서 서문옥의 서문뢰는 어찌할 거냐는 물음에 쉽게 입을 떼지 못했다.

대신 서문옥은 이를 미리 짐작해 기회로 삼아 서문후의 마음을 크게 흔들었다.

"현실? 현재? 물론 중요해요. 하지만 그보다 더 중요한 건 바로 미래잖아요. 하여 저는 본가가 이번 일로 혹 큰 손해를 입더라도 그 미래를 지켰으면 해요. 본가의 미래인 뢰아가 이번 일로 큰마음의 상처를 입지 않길 바라요!"

과거 유장천도 느낀 바가 있었지만, 서문옥의 음성은 묘하게 사람을 뒤흔드는 힘이 있었다.

역시나 이번에도 그 힘이 작용했다.

이후로 서문후의 눈빛이 더는 흔들리지 않게 되었다.

"알겠다. 아니, 고맙구나. 네 덕에 진짜 중요한 것이 무엇인지 깨닫게 되었다."

이후 서문후는 서찰을 집어 유등에게 가져다 대었다.

화르륵.

귀퉁이부터 타오르기 시작한 서찰이 순식간에 재가 되어 사방으로 날렸다.

❖

한 가지 소문이 바람을 타고 천하로 퍼져 나가기 시작했다.

—조만간 소림에서 무림대회가 열릴 것이다. 그리고 이번 무림대회는 백년마다 찾아오는 천살성의 저주를 막고자 전 무림의 뜻을 하나로 모으고자 함이다.

시작은 이런 내용이었지만, 후에 시간이 흐를수록 소문에 좀 더 살이 붙었다.

—천살성의 실체가 드러났다. 놀랍게도 그 실체는 다름 아닌 육십 년 전 혈황에게서 천하를 구한 건곤무제의 후예다. 요사이 그가 무림을 상대로 일으키는 모든 분란은 바로 그가 천살성의 기운을 타고났기에 벌어진 일이다.

충격에 더해져 혼란이 전 무림을 휩쓸기 시작했다.

그럴 수밖에 없는 것이 건곤무제의 사부가 다름 아닌

백 년 전 천살성의 저주를 막은 검신 무적검제 북궁적이었기 때문이다.

그렇다면 대체 천살성의 저주와 함께 거론되는 마교는 어찌 되는 것인가? 설마 무적검제가 본시 마교 사람이었던 것인가?

이율배반적이어도 너무 이율배반적이어서 사람들은 도무지 소문을 받아들이지 못했다.

하지만 후에 아미파가 직접 두 눈으로 그 사실을 확인했다 증언하고, 마지막으로 한 곳마저 손을 거두자 소문은 점점 현실이 되어 갔다.

—개방은 이제부터 과거의 연을 접고, 천살성을 막는 일에 본 방의 사활을 걸 것이다!

과거 일검사우의 한 사람이 속해 있던 개방의 외침이기에 그 파급력은 더는 무엇으로도 막을 수 없을 정도였다.

—모든 것은 오해다. 본가가 반드시 그 모든 진실을 밝혀낼 것이다.

그래서 서문세가의 외침은 누구하나 귀담아 들어 주지 않았다. 뒤이어 사천당문이 거기에 가했어도 조금도 달라지는 것은 없었다.

그렇게 잔잔하던 무림이 한순간 모든 걸 뒤엎을 거센 폭풍에 시달리기 시작했다.

8

신타궁(神駝宮)

곤륜산은 곤륜파가 위치한 청해에만 국한된 것이 아니다.

그 산세는 길게 뻗어 남으로 사천에 닿고, 서로는 신강과 서장을 구분 지어 놓을 정도다.

그래서 곤륜산을 넘으면 바로 신강에 닿을 수 있었다.

문제는 이 길이 워낙 험해 신강에 가려는 자들은 곤륜산이 아닌 청해 서북단 화토구에서 아이금산을 넘어 약강으로 이어지는 길을 택했다.

하지만 유장천들은 애당초 지금 있는 곳이 곤륜산이라 무식하게 산을 가로지르며 약강으로 향했다. 인가 하나 없는 산속을 몇 날, 며칠 헤매며 추위와도 싸움을 벌였다.

그런 뒤 맞이하게 된 풍경은 진정 극과 극이었다.

한순간 모든 것이 말라 버린 듯한 풍경과 들이 마시는 숨결에서조차 습기를 느끼기 힘들었다. 황무지란 이런 것이란 말이 절로 떠올랐다.

그러나 이런 곳에도 호수와 강이 있었다.

당연히 마을은 그러한 곳들과 인접해 있고, 유장천이 찾아가려는 약강이란 곳도 마찬가지였다.

"거지꼴이 따로 없군."

오랜 여정과 또 주로 황무지를 거쳐 오다 보니 유장천은 머리부터 발끝까지 흙먼지를 뒤집어쓴 채였다.

그나마 멀쩡한 곳은 두 눈으로 그간 산공독으로 흩어진 내공을 전부 되찾아 맑게 빛나고 있었다.

'그나저나 뭐, 신강으로 넘어와 제일 먼저 접하는 큰 도시니 찾기 쉬워?'

일전에 아미라가 약강을 약속 장소로 잡자고 한 이유가 바로 여기에 있었다.

하지만 사람들이 주로 이용하는 화토구를 통한 길이 아니다보니 그야말로 개고생이 따로 없었다.

다행히 변황 출신인 가법존자와 함께였기에 망정이지,

아니었으면 몇 날 며칠 엉뚱한 곳을 헤맸을지도 몰랐다.

"주인."

"왜!"

워낙 불편한 심기라 가법존자의 부름에 답하는 유장천의 어조가 퉁명스러웠다.

"그것이 앞으로 어떻게 해야 하는지."

"어떻게 하긴 뭘 어떡해. 일단 거지꼴부터 벗어나야지. 네놈은 더해 이젠 아예 땡중이라 부르기도 힘들잖아."

요 며칠 몰골이 이상해진 것이 유장천만이 아니었다.

가법존자도 마찬가지였다.

승복은 어디다 팽개쳤는지 보이지 않았고, 머리도 꽤 자라 그냥 봐선 승려란 두 글자를 도통 떠올리기 힘들었다.

"알겠습니다. 그럼, 일단 쉴 곳부터 찾지요."

"앞장서."

"예."

이후 둘은 객잔을 찾았다.

다행히 이곳은 청해에서 신강으로 넘어오는 길목에 자리해 중원의 객잔과는 조금 양식이 달랐지만 어쨌든 쉴 수 있는 곳을 찾을 수 있었다.

일단 제일 먼저 그간 여정으로 달라붙은 찌든 때부터

벗겨 냈다.

그 후, 오랜만에 제대로 된 식사를 하려는 순간 사람이 찾아왔다.

똑똑.

"누구시오?"

"혹 곤륜에서 오신 분들 아니십니까?"

"……."

가법존자가 어떡할 거냔 의미로 유장천을 바라보았다.

"열어."

"들어오시오."

가법존자가 문을 열자 머리에 하얀 천을 두른 삼십 초반의 사내 하나가 들어섰다.

그는 실내에 들어서 마치 누군가를 찾듯 유장천과 가법존자를 번갈아 바라보았다.

그 후 유장천에게 시선을 고정한 채 질문을 던졌다.

"유장천 대협이십니까?"

"그렇소만."

아직은 딱히 예를 차릴 이유가 없어 유장천이 앉은 상태 그대로 대답했다.

하지만 상대는 유장천 본인이란 사실을 확인하자 공손

히 고개를 숙였다.

"먼 길 오시느라 고생하셨습니다. 저는 신타궁 제자로 급히 공주님이 뵙고자 하는 뜻을 전하러 이렇게 찾아왔습니다."

"공주?"

꽤나 가슴이 설레는 단어긴 했지만, 유장천은 그보다 의문이 먼저 들었다.

이날 이때까지 그렇게 신분이 높은 여인과 연을 맺을 일이 없었기 때문이다.

"다름 아닌 일전에 대협께서 도움을 주신 분이 바로 본 궁의 공주이신 아미라 님이십니다."

"아……."

비로소 유장천은 생경함을 익숙함으로 바꿀 수 있었다.

하지만 덕분에 없던 신경을 써야 했다.

'아쉽게 되었군. 만나면 뭐라 한마디하려 했는데.'

"일단 장소부터 옮기시지요. 아무래도 객잔보다는 그곳이 더 머물기 편할 것입니다."

"알겠소. 그렇지 않아도 나 또한 묻고 싶은 것이 있으니."

그래서 유장천들은 객잔에 든 지 얼마 되지 않아 예고

도 없이 찾아온 사내를 따라 장소를 옮겼다.

❖

신강인들은 척박한 환경 때문인지 한곳에 머물기보단 여기저기 떠도는 유목 생활이 전반적이었다.

유장천들이 찾은 곳도 바로 그런 유목민들의 임시 거처 파오였다.

약강에서 조금 떨어진 좀 더 강에 인접한 초지가 펼쳐진 곳이었다.

어쨌든 안내하는 자는 여러 파오 중 가장 큰 파오로 유장천들을 안내했다.

"대협!"

기다렸다는 듯 아리따운 여인의 음성이 들어서는 유장천들을 반겼다.

'흐음.'

이 순간 유장천은 활짝 미소를 띠며 반기는 여인이 과연 지난 날 흉사를 피해 곤륜산으로 도망쳐 왔던 바로 그 여인인가란 생각이 들었다.

남장을 버린 그녀는 확실히 안내한 자가 말하던 공주

란 두 자에 너무나 잘 어울렸다.

사내라면 절로 가슴이 뛰어오를 정도로 폭발적인 아름다움을 자랑했다.

'서문옥, 당정청, 모용소소, 그리고 눈앞의 아미라까지. 어찌 가는 곳마다 미녀들과 얽히는 건 나쁘지 않지만…… 에효.'

상대가 아름다우면 아름다울수록 유장천은 자기도 모르게 한숨이 나왔다.

유부남의 비애라면 비애였고, 그럴수록 못 견디게 운무곡에 두고 온 초향아가 그리웠다.

"대협……."

하지만 그 속을 알 리 없는 아미라는 유장천의 한숨에 고운 아미를 찡그렸다.

딴에는 생명의 은인이며 당대 영웅이랄 수 있는 사내에게 아름답게 보이고 싶어 한껏 치장까지 했는데…….

본의 아니게 오고 간 감정들이 내심과는 정반대라 활기가 넘쳐도 모자랄 재회가 어딘가 어색하게 흘러갔다.

"흥!"

그래선지 갑자기 터져 나온 코웃음이 외려 반가울 정도였다.

지난날 아미라와 함께 도망자 신세가 되었던 아미라의 숙부 아진타였다.

그의 시선은 시종일관 유장천 곁에 있는 듯 없는 듯 서 있는 가법존자에게 향해 있었다.

그런데 의복이 바뀌고 머리가 자라는 등, 전과는 확연한 외양 차이를 보였음에도 역시나 원수는 어떤 모습을 해도 잊을 수 없는 듯했다.

하지만 가법존자는 마치 그런 적이 없다는 듯 뻔뻔할 정도로 표정 변화가 없었다.

그게 더 참을 수 없는지 막 아진타가 입을 열려는 그때.

"피차 한가로이 정담을 나눌 처지도 아니니 사설 빼고 바로 본론으로 갑시다. 일단 신타궁의 현 상태부터 들어 봅시다. 도대체 변황련 놈들이 어떤 식의 농간을 부렸는지."

유장천이 언제 한숨을 쉬었냐는 듯 표정을 바꾸었다.

게다가 그 와중에 언급한 것이 다름 아닌 현재 위난에 처한 신타궁 문제.

"그렇군요. 재회의 기쁨에 무엇보다 중요한 그 문제를 잊을 뻔했어요."

이끌리듯 아미라도 한순간 평범한 여자에서 신타궁의 공주란 본연의 신분을 되찾았다.

자연히 파오 내 분위기가 그런 둘에 이끌려 돌아갔다.

서둘러 자리를 정리하고, 마치 군영에서 장수들이 회의를 하듯 탁자를 두고 빙 둘러앉았다.

그사이 안내한 자는 물러나 실내에는 처음 연을 맺던 그때에서 심옥당 한 사람 빠지게 되었다.

하지만 어느 누구도 심옥당의 현재 거처에 대해 말을 꺼내지 않았다.

모종의 약속이 있었는지, 아니면 그만큼 신타궁의 현재 상태가 위중한지, 유장천 말마따나 아미라의 설명으로 바로 본론으로 들어갔다.

"그사이 알아본 바에 의하면 본궁은 현재 아버님을 제외한 궁도 전원이 변황련의 인물들에게 제압돼 투옥된 상태예요. 무엇보다 저의 탈출을 우선시한 아버님의 선택이 최선이었다 할 정도로 말이죠."

"잠깐. 그래도 명색이 변황사패의 한 곳이 무턱대고 사람을 빼돌리려 했다는 건 나로선 이해가 안 가는군. 그 말은 애초 적의 정체가 변황의 여덟 문파가 합세한 변황련이란 걸 알고 있었다, 그 말인데……."

유장천의 지적에 왠지 아미라가 고개를 저었다.

"정확히 말하면 아니에요. 하지만 뭔가 변황무림계에

변괴가 있었다는 건 아버님도 눈치채고 있는 걸로 알고 있어요."

"그렇다면 더더욱 이해할 수 없군. 뭔가 낌새를 눈치챘는데, 별다른 손도 쓰지 못하고 당하고 말았다. 바보군."

"말이 심하오!"

참지 못하고 아진타가 자리를 차고 일어났다.

애초 그는 유장천이 가법존자를 데리고 있단 부분부터 불만이 많았다. 특히나 지금은 가법존자가 속한 변황련에게서 신타궁을 구하려는 중요한 자리.

아무리 좋게 생각해도 말이 안 되는 자리였다.

"앉으시오. 내게서 말보다 더한 것이 나가기 전에."

유장천은 그저 지그시 아진타를 바라보기만 했다.

하지만 이 순간 아진타를 집어삼킨 살기는 이제껏 본 적조차 없는 그런 종류의 살기였다.

털썩.

의지와 상관없이 아진타가 주저앉다시피 의자에 앉았다.

"다행히 귀는 입보다 낫군. 굳이 정신교육 후 대화에 임할 필요가 없을 정도로."

혼잣말이었지만 그 말에 두 사람이 부르르 몸을 떨었다.

아진타는 조금 전의 맛본 살기 때문인지 몸을 떨며 낮

빛이 더욱 창백해졌고, 반대로 가법존자의 볼은 뭐 때문인지 발그스름해져 있었다.

어쨌든 단 한 번의 무력 시위가 이 자리의 진정한 주인을 정해 주었다.

특히나 그 무력에 기대야 하는 신타궁의 인물들은 더더욱 유장천의 눈치를 볼 수밖에 없었다.

"휴우."

문득 유장천의 입에서 짧은 한숨이 흘러나왔다.

중년 아저씨인 아진타는 몰라도 미녀가 제 눈치를 본다는 것은 썩 좋은 기분은 아니었기 때문이다.

"내 이 하나만은 미리 말해 두겠소. 내가 일부러 신타궁 문제에 개입할 생각이 없었다면 여기까지 오지도 않았을 것이오. 그러니 문제를 해결하는 데 있어 하등 도움도 안 되는 감정들을 쓸데없이 개입시키지 마시오. 그것만 주의한다면 내 반드시 여러분들에게 신타궁을 찾아 돌려주겠소. 알겠소?"

"네."

"알겠소."

시선은 아미라에게 주었지만, 대답은 아진타 쪽에서도 흘러나왔다. 현 상황은 제 자존심이 이보다 더한 상처를 받더라도 참고 견뎌야 했기 때문이다.

"땡중."

"예, 주인."

"너희들이 지난날 신타궁을 공격할 때 규모가 어느 정도였느냐? 소위 말하는 변황련 소속 여덟 문파 전부가 나섰느냐?"

가법존재의 고개가 좌우로 저어졌다.

"아닙니다. 신타궁은 변황사패라 해도 다른 세 곳에 비해선 격이 좀 떨어지는 편입니다."

"……!"

쓸데없이 불필요한 감정을 쏟아 내지 말란 유장천의 경고가 있었지만 어쩔 수 없었다.

듣던 아미라와 아진타의 두 눈에 분노가 감돌았다.

하지만 가법존자는 시종일관 그 모든 것과 무관하게 행동했다.

"하여 당시 나섰던 문파는 여덟 문파가 아닌 다섯. 인원수도 채 백을 넘지 않았습니다."

"생각보다 적은 숫자군."

"예. 기동성을 위해 실력자 위주로 차출하기도 했지만, 조금 전 언급했다시피 신타궁이 변황사패 중 가장 떨어진다는 점이 크게 작용했습니다."

으득.

누구 입에서 나왔는지 굳이 물어볼 필요도 없이 아미라, 아진타 얼굴이 붉게 상기되어 있었다.

그 순간 유장천의 음성이 그런 둘에게 향했다.

"신타궁의 인원은 얼마나 되오?"

"대략 팔백 가까이 돼요."

대답은 아미라에게서 들려왔다.

분노에 얼굴을 붉히긴 했어도 거기에 완전 사로잡힌 건 아닌 듯했다.

"아무래도 그 숫자가 전부 싸울 수 있는 인원은 아닌 것 같소만. 그랬음 아무리 적들이 실력자 위주로 차출했다 해도 여덟 배나 많은 수를 상대해야 되지 않소?"

"맞아요. 사실 저희는 일종의 부족 사회라 팔백이라 해도 전투 인원은 이백이 조금 넘는 정도예요. 게다가 적들은 치졸하게도 침공 후 가장 먼저 한 일이 싸움도 못하는 부족민들을 인질로 잡는 거였어요. 그래 놓고 격이 떨어지니 마니…… 일전에도 정공법이 아닌 독을 사용해 놓고."

아미라의 마지막 시선은 그래서 가법존자에게 향해 있었다.

"놀이가 아닌 상대의 모든 걸 빼앗고자 하는 싸움이었소. 치졸하고 아니고는 그 때문에라도 패자가 늘어놓는 변명에 불과하오. 환희타불."

"그 말은 맞소."

"대협!"

아미라는 분노에 더해 실망감, 슬픔 등등.

복잡다단한 눈으로 유장천을 바라보았다.

"대협이 아니오. 아니 앞으로도 결코 그렇게 불릴 일은 없을 거요. 난 내 목적을 위해 필요하다면 몇 번이라도 악당이 될 작정이오. 영웅이니 협객이니, 이런 허울뿐인 명예보다 내 걸 챙길 줄 아는 그런 자가 될 거란 말이요. 그러니 낭자도 화만 낼 게 아니라 잘 생각해 보시오. 진정 소중한 걸 잃은 뒤에는 치졸이고 뭐고 간에 다 무의미하니."

"……."

아미라는 말끝에 유장천의 눈에 떠오른 슬픔과 괴로움, 후회의 감정들을 읽을 수 있었다. 아니, 여자이기에 모성 본능이 그렇게 보이게 만들었는지도 몰랐다.

그래서 생각 이상으로 빠르게 분노를 지워 갈 수 있었다.

"현재……."

"……?"

"현재 본 궁 탈환에 동원할 수 있는 인원은 총 서른둘이에요."

조금 뜬금없긴 했어도 그걸 느끼기보다 유장천은 의문이 먼저 일었다.

"조금 전 신타궁 사람들이 전부 제압돼 투옥되었다 하지 않았소?"

"맞아요."

"그럼. 헤어졌던 그사이 새롭게 조력자라도 구했단 뜻이오?"

"그건 아니에요."

"허참."

왠지 일부러 애태우는 기색이라 유장천이 잠시 입을 다셨다.

"호호."

그게 재미있는지 짧게 웃던 아미라가 그제야 진실을 털어놓았다.

"조금 전 제가 본 궁이 일종의 부족사회라고 했던 말 기억하세요?"

"기억하오."

"거기에 하나 더 덧붙이자면 꽤 폐쇄적이기도 해요. 탑극랍마간이란 지리적 위치 때문인지, 상인이 잘 찾아오지 않아 필요한 물건들을 스스로 구입할 필요가 있거든요."

끄덕.

"그렇다 보니 저희들은 본 궁과 별개로 따로 세력을 하나 더 운용할 수밖에 없었어요."

"하면 그들이?"

"네. 제 숙부도 그렇고, 일전에 대협을 이곳까지 안내한 사람도 그렇고, 다 그쪽 사람이에요. 평소 그들은 유목민처럼 여기저기를 떠돌아다니는 생활을 해요. 일종의 위장이죠. 안 그럼 저희는 외부와 완전 단절되어 고사할 수 있거든요."

"오히려 그 때문에 따로 세력을 보존할 수 있었다, 이 말이군."

"네."

"그래도 적보다는 아직 많이 부족한 숫자요."

"그 부분을 전 대협이 채워 줄 거라고 믿어요."

믿는다.

그것도 미인이 환히 웃으며 해 주는 말에 거부할 사내는 없었다.

거기다 유장천은 그 전에 먼저 신타궁을 찾아 돌려준다는 말을 하기까지 했다.

씨익.

"그렇다면 더는 괜스레 시간을 낭비할 필요가 없겠군. 서둘러 출발합시다. 주인을 불러내기 위해서라도 먼저 개부터 두들길 필요가 있으니."

"네."

아미라의 대답을 끝으로 일은 일사천리로 진행되었다.

어차피 모든 준비는 유장천이 도착하기 전에 다 마친 상태였다.

아니, 신타궁이 위난에 빠진 그 순간부터 밖에서 활동하던 궁도들은 이미 한데 모여 되찾을 준비에 들어갔다.

그리고 반격의 시발점은 공주가 무사히 곤륜파의 힘을 끌어들이는 바로 그 순간.

실제론 곤륜파가 아닌 전설적 영웅 건곤무제의 후예를 끌어들였지만, 어느 쪽이 더 좋고 나쁜가는 생각지 않았다.

어차피 누군가의 도움을 얻지 못했더라도 해야 할 일이었으니까.

그래서 아미라의 출발이란 말이 떨어지자마자 신타궁도들은 유장천과 함께 본 궁 수복이란 대장정에 올랐다.

❖

녹주(綠洲).

일명 오아시스라 불리는 이곳이야말로 척박함이 전부인 사막에서 유일하게 인간이 터를 잡을 수 있는 천혜지.

변황사패의 한 곳인 신타궁의 근거지도 그래서 탑극랍마간 중심부의 유일한 녹주에 자리했다.

약강에서 낙타를 타고 대략 일주일은 가야지만, 안내하는 자가 다름 아닌 그곳 출신들이다 보니, 이조차 오일로 단축시켰다. 물론 꽤나 강행군인 면이 없지 않아 있었다.

하지만 이 순간에도 고생하고 있을 가족이 기다리고 있고, 또 동문이 기다리고 있었다. 한순간도 망설일 수 없었다.

그 결과가 출발 인원 서른다섯 명 중 한 사람의 낙오도 없이 신타궁이 보이는 모래 구릉 위에 서 있게 만들었다.

"그사이 적들도 인원이 보강된 것 같소."

"네?"

"생각보다 경계가 삼엄하오."

'설마……. 적어도 팔백 장은 떨어진 거리인데, 지금 본 궁의 상황이 보인단 말인가?'

유장천의 말에 아미라가 서둘러 일행에게 천리경을 건네받아 녹주 전역을 훑어보았다.

신타궁은 말이 궁이지, 구중궁궐처럼 높은 담과 화려한 전각들로 이뤄진 곳이 아니었다. 벽도 세우지 않고 간단히 모래바람을 막을 정도의 건물들이 주를 이뤘다.

그런데 지금 그 사이사이마다 횃불을 들고 순찰을 도는 인물들이 있었다.

유장천 말 그대로였다.

직접 눈으로 확인한 것이라 더는 의심의 여지가 없었다.

'대단해. 건곤무제의 후예란 것이 이 정도 능력의 소유자란 뜻인가?'

아미라가 내심 감탄하는 그때. 유장천이 가법존자를 곁으로 불렀다.

"난 누가 등 뒤에서 칼을 겨누는 걸 별로 좋아하지 않는다. 그러니 마지막으로 선택할 기회를 주마. 계속 나를 따르겠느냐? 아니면 이 자리에서 죽겠느냐?"

선택이었지만, 또 선택이 아닐 수도 있는 문제. 진짜

문제는 가법존자의 대답에 망설임이 없었다는 점이다.

"끝까지 따르겠습니다."

"앞으로 네 손으로 동문의 목숨을 거둬야 하는데도?"

"어차피 이렇게 된 이상 배신자의 오명을 벗을 수 없습니다. 게다가 본 사에서 배신자는 근육이 갈라지고, 맥이 끊어지는 참근단맥(斬筋斷脈)형에 처해집니다. 더는 다른 선택이 있을 수 없습니다."

"네 한 목숨 살고자 동문을 저버리겠다?"

"본 사의 가르침이 본시 명예보다 실리이기 때문입니다."

"편리하군. 대신 명심해라, 내게 있어 배신은 죽지도 살지도 못하는 지옥형이니."

"예!"

그럼에도 둘의 희한한 대화를 듣고 있던 신타궁도들은 여전히 가법존자에 대해 의심을 풀지 못했다.

마치 그 마음을 읽은 것처럼 유장천이 신타궁도들에게 제안을 했다.

"이래저래 말 돌리는 걸 싫어하니 단도직입적으로 말하겠소. 내가 동이 될 테니, 그대들이 서가 되시오."

"혹 성동격서를 말하려는 건가요?"

아미라가 확인하듯 물었다.

"그렇소. 어차피 이번 싸움 길게 끌면 끌수록 수가 부족한 이쪽이 불리하오. 그래서 서둘러 싸움을 끝내는 방법은 이쪽도 수를 늘리는 것뿐. 그러니 내가 미끼가 되어 적들의 시선을 끌겠소. 그사이 잡혀 있는 궁도들을 구해 낼 수 있겠소?"

"음……."

확실히 유장천의 제안은 가장 효율적인 방법이었다. 문제는 그걸 실행하는 방식이 너무도 터무니없었다.

일전에 신타궁을 공격한 자들의 수만 해도 백이었다. 거기다 오늘 다시금 확인해 보니 인원이 더 보강된 것 같았다.

그런데 그 많은 인원을 지금 유장천 혼자 상대하겠다고 하고 있는 것이다.

"자, 그럼. 대답이 없는 건 알겠다는 걸로 알고 바로 시작하겠소. 혹시라도 내가 걱정된다면 서둘러 주시오. 이럇!"

유장천은 아미라의 대답도 듣지 않고 바로 낙타를 몰고 뛰쳐나갔다.

그 뒤를 가법존자가 그림자처럼 따랐다.

그 또한 유장천의 무모함에 전염된 듯 망설임이 없었다.

"대체……."

그래서 아미라는 도움을 구하듯 아진타를 바라보았다.

"확실히 그자 말대로다. 지금으로선 수적으로나 질적으로나 불리한 우리로선 그 외엔 달리 방법이 없을 것 같다."

"휴우…… 알겠어요, 그렇게 하죠. 대신 서두르죠. 그분 말대로 시간을 끌면 끌수록 위험도 높아지고, 성공 확률도 떨어지니. 일단 지금부터는 낙타를 버리고 이동해요."

"알겠다."

이후 아미라의 뜻을 좇아 신타궁도들 모두 낙타를 버리고 걸어, 아니, 모래가 물인냥 그 속으로 뛰어들어 빠르게 이동했다.

스르르륵.

신타궁이 사막에서 무적으로 통하고, 또 변황사패의 한 곳으로 우뚝 설 수 있었던 건 바로 이 능력 때문이었다.

거기다 지난날 아미라가 무사히 포위를 빠져나올 수 있었던 이유도 바로 여기에 있다 할 수 있었다.

❖

사막의 낮이 지독스레 뜨겁다면 반대로 사막의 밤은 지독스레 차가웠다.

그나마 오아시스 주변은 낫다 해도 한창 집안에서 쉴 다른 이들을 떠올리면 불만이 안 생기려야 안 생길 수 없었다.

"으그. 정말 왜 이딴 곳을 애써 지키는지 그냥 다 쓸어버리면 그만인걸. 어차피 지킨다 해도 딱히 이득이 있는 것도 아닌데."

"그렇지 않아도 그 일로 윗분들이 몇 날 며칠 회의 중 아닌가?"

"난 그게 더 이해가 안 가. 도대체 회의가 몇 날 며칠 갈 이유가 뭔가? 그런다고 모래가 한순간에 황금으로 변하는 것도 아니고. 그냥 간단히 변황련의 이름으로 신타궁을 멸망시켰단 그 부분만 가져가면 될 거 아냐?"

"뭐 나도 그 점은 공감하네만, 윗분들은 아닌가 보지. 특히 혈가람사의 반대가 가장 심하다 하지 않는가?"

"망할 땡중들. 공주를 놓친 실수를 이대로 덮어 버리기 싫어 시간을 끄는 꼴 하곤. 그 하나 때문에 지금 몇 문파가 고생하는 거야?"

"쉿! 목소리가 크네. 그렇지 않아도 요즘 이 일로 분위기가 험악한데. 괜히 일벌백계 당하지 않으려면 언성 좀 낮추게."

"으그그, 속이 타서 그러는 거 아닌가? 날씨는 춥고 둘러봐야 온통 모래……. 응?"

화를 내던 사내가 마치 못 볼 것이라도 본 듯, 서둘러 눈을 비비고 재차 같은 곳을 바라보았다.

"사람?"

"뭐?"

그의 말에 곁의 사내도 서둘러 그쪽에 눈길을 주었다.

"……!"

헛것이 아니었다.

분명 두 기의 낙타가 사람을 태운 채 이곳을 향해 다가오고 있었다.

생각보다 꽤나 가까운 거리였다. 아마 주위를 휩쓰는 바람과 바닥이 무른 모래다 보니 알아채지 못한 듯했다.

그나저나 망설임 없이 달려오는 모양새가 도무지 적이라 생각되지 않았다.

"알려야 되나?"

뒤늦게나마 현실적인 부분을 떠올리는 그때.

먼저 발견한 사내가 그런 그를 말렸다.

"잠깐 기다려 보게. 자네 말대로 요즘 같이 뒤숭숭한 때에 괜한 사단을 일으킬 수 없지. 게다가 숫자도 이쪽과 같은 둘 아닌가? 좀 더 지켜보세."

"음……."

하지만 시종일관 신중한 태도를 보이던 사내는 불안했다.

만에 하나 적이라면 동료의 속셈은 뻔했다.

이번 일을 공으로 삼으려는 것 같은데, 정말 적이라면 어떻겠는가? 둘이 쳐들어온다는 그 자체가 번이나 서는 자신들이 당해 낼 수 없단 말과 다르지 않았다.

그나저나 한 사람은 반기고, 한 사람은 망설이는 그사이.

문제의 인물들이 어느새 거리를 오 장여로 좁혔다.

"워워."

그 순간 다른 낙타보다 한발 먼저 달려온 낙타의 기수가 제 낙타를 멈춰 세웠다.

뒤이어 따라오던 낙타도 그와 비슷한 시기에 고삐를 낚아챘다.

자연히 이쪽과 저쪽 사이에 서로의 얼굴을 확인하는 시간이 흘렀고, 그게 끝났는지 저쪽이 먼저 말을 건네 왔다.

"추운 날씨에 고생이 많군."

이 때문에 번을 서던 두 사내는 잠깐이나마 적이 아닐지도 모른다는 생각을 하게 되었다.

하지만 이어진 말에 그런 안도는 순식간에 산산조각이 나 버렸다.

"하나 안타깝게도 진짜 고생은 이제부터야. 제압해."

"예!"

선두의 자가 명을 내리고, 뒤에 있던 자가 몸을 날려 이쪽을 공격한 것이 거의 한 호흡에 이뤄졌다.

그래서 잠시 넋이 나가지 않았더라도 누구 걱정대로 번이나 서는 자신들이 당해 낼 상대가 아니었다.

특히 상대가 자신들이 얼마 전까지 욕하던 혈가람사의 십이존자 중 한 사람인 가법존자란 걸 알았다면 어떠했을까?

아니, 알든 모르든 달라질 건 없었다. 어차피 저쪽은 더는 이쪽 사람이 아니었으니.

"큽!"

"헙!"

그래서 가법존자는 손속에도 사정을 두지 않았다.

털썩.

털썩.

순식간에 마혈을 격중 당한 두 사내가 헛바람과 함께 차가운 모래에 얼굴을 묻었다.

이후 그들이 할 수 있는 건 아혈마저 제압되어 눈만 멀뚱거리는 것이 전부였다.

"주인, 끝났습니다."

가법존자가 일도 아니란 듯 그런 둘의 곁에 서자 그제야 명을 내린 유장천이 낙타에서 내렸다.

유장천은 잠시 눈만 멀뚱거리는 두 사내를 내려다보았다.

"자고로 역시 주인을 불러내는 데는 그 집 개를 때리는 게 상책이겠지?"

혼잣말이었지만 여기서 말하는 개가 무엇인지 모를 수 없는 두 사내의 눈에 숨길 수 없는 공포가 떠올랐다.

그리고 그토록 원치 않은 사형 선고가 떨어졌다.

"이봐 땡중. 지난날 내게 교육 받은 게 있으니 잘 알겠지? 어떻게 해야 인간이 가장 끔찍하고 고통스런 비명을 지르는지."

언뜻 가법존자의 시선이 제압된 두 사내에게로 향하는 듯했다. 이어 입가로 피어나는 잔인한 미소.

"예, 맡겨 주십시오!"

"좋아! 대신 주인 허락 없이 불법점거한 놈들 전부 튀어나오도록…… 알겠지?"

"존명!"

가법존자의 복명을 끝으로 두 보초의 운명은 결정지어졌다.

❖

실내에 모인 자들 전부 한결같이 승포를 걸치고 있었다.

하지만 그들이 뿜어내는 기세는 결코 승려라 부를 수 없는 그런 종류의 것들뿐.

거칠다 못해 흉포하기까지 한…… 물론, 저녁 식사 후 벌어진 한 가지 사건이 이런 그들의 분위기에 더욱 불을 지피긴 했다.

그래도 본바탕이 크게 다를 바 없는 자들이었다.

멋대로 주인을 몰아내고 점거한 곳의 주인 행세를 하고 있으니.

문제는 이런 주인 행세하는 자들이 이외에도 넷이나 더 있다는 것이다. 그 일로 한자리에 모인 이들은 썩 심기가 좋지 않았다.

그중 하나가 더는 참지 못하겠는지 끝내 제 앞의 석탁

을 내리쳤다.

쾅!

"건방진 놈들. 그렇게 불만이면 제 놈들이 그 계집을 쫓든가 하지. 아무도 안 하려 해 그나마 자비로 나서 줬더니, 뭐? 고작 그깟 일도 하나 제대로 처리 못한다고? 내 당장 이놈들을!"

말끝에 그가 몸을 일으키자 바로 말리는 음성이 따라 붙었다.

"앉아라. 아직 가법에게서 실패했단 연락이 오지 않았으니 끝난 일이 아니다."

"하지만 사형…… 그래도 벌써 연락이 왔어야 하는데 너무 늦지 않습니까? 그렇다면……."

"그만."

결국 가장 연장자로 보이는 승려가 나섰다.

모인 자 중 가장 높은 위치에 있는지 그가 나서자 실내에 자리한 열한 명의 시선이 그에게로 향했다.

혈가람사 십이존자의 수좌에 있는 석법존자(析法尊者)였다.

조금 전 분통을 터트리던 자는 황법존자(荒法尊者)였고, 말린 자는 홍법존자(虹法尊者)였다.

이외에도 이 자리에는 혈가람사가 자랑하는 십이존자 중 다섯이 더 함께했다. 본래는 여기에 가법존자도 포함되어야 했지만, 일전에 팔방으로 흩어졌던 탈출자 중 진짜를 가법존자가 쫓았기 때문에 불참 중이었다.

이후 고되게 소식을 기다리고 있었지만, 진짜를 쫓고 있다는 연락 이후론 두절 상태였다.

그래서 혈가람사는 본의 아니게 남들이 싫다 떠넘긴 일을 맡고도 가장 중요한 마무리가 되지 않아 반대로 떠넘긴 문파들의 눈총을 사는 형편이었다.

"가법이 맡은 방향이 동남이었나?"

잠깐의 틈을 두고 석법존자가 말을 이었다.

"예."

홍법존자가 대표로 답했다.

"동남이면…… 곤륜파인가?"

"예. 물론 그 너머까지 범위를 넓히면 대상 문파의 수는 늘지만, 시간이나 거리 때문에 큰 의미가 없습니다."

"그렇다면 지금쯤은 돌아와도 이상하지 않겠군."

"만에 하나 도망친 계집이 곤륜파의 힘을 빌렸다면 모를까. 가법의 능력이라면 그전에 충분히 계집을 처리했을 것입니다."

"하면 왜 돌아오지 않는가?"

재차 묻는 석법존자의 말에 꽤나 여러 의미가 담겨 있었다.

아닐 수도 있었지만, 이 자리에 있는 대부분 그렇게 느꼈다.

그래서 홍법존자도 이번에는 바로 대답할 수 없었다.

질문이 하나이며 또 하나가 아니기에 답도 하나가 될 수 없었기 때문이다.

"아무래도 당한 게 아닐까요?"

가장 성질이 급한 황법존자가 던진 말이었다.

그러나 다들 천하의 가법이 고작 신타궁의 계집 따위에게 당할 거란 생각은 하지 않았다.

무공과 별도로 가법은 일을 처리하는 데 있어 꽤나 간교한 수를 잘 쓰기로 유명했다.

그런 자가 당한다?

황법존자 외에는 결코 생각할 수 없는 문제였다.

그 순간 황법존자 못지않은 의외의 말이 좌중을 뒤흔들었다.

"외려 계집에게 매수될 가능성은?"

십이존자의 수좌이기에 가능한, 그래서 더더욱 심각하

게 십이존자들의 마음을 흔들었다.

"……!"

황법존자마저도 질렸단 얼굴로 입매를 굳혔다.

그런데 석법존자의 충격적인 말은 여기서 끝난 것이 아니었다.

"답들이 없는 걸 보니 아예 그럴 가능성이 없단 생각들은 아닌가 보군."

"그게 아니라 너무 터무니없는 이야기라……."

"그렇다면 왜 아직 아무 연락이 없는가?"

"그건……."

변호하던 홍법존자도 더는 말을 잇지 못했다.

모르기에…… 이 말은 곧 석법존자의 말이 불가능은 아니란 뜻이기에…….

그때였다.

"끄아아아!"

"으아아악!"

한밤에 울려 퍼진 뜻밖의 괴성이 결국 이 모든 번민에 종지부를 찍어 버렸다.

❖

비명 소리가 유난히도 끔찍하고 크게 들린 건, 그만큼 어느 누구도 이 밤중에 들을 거라 생각지 않았기 때문이다.

그래선지 시간이 지날수록 비명의 근원지로 몰려드는 사람들의 숫자가 늘어가기만 했다.

"……."

개중 가장 먼저 달려온 사람들은 비명보다 더한 것을 목도해야 했다.

꼬치 형벌이라 불러야 맞을 것이다.

사람이 장대에 하체가 꿰뚫린 채 바닥에 꽂혀 있었다.

그런데 아직 숨이 끊어지지 않는지, 두 사내가 그 상태로 몸을 움찔대며 계속해서 비명을 토해 냈다.

처음보다 많이 약해졌다 해도 이런 일을 당할 당시 얼마나 고통스러웠는지는 듣지 않아도 알 것 같았다.

그리고 이런 흉악한 만행을 저지른 당사자로 보이는 두 사람이 그 곁에 서 있었다.

어느새 주위는 횃불로 대낮처럼 환해져 이목구비는 물론 모공마저 보일 정도였다.

그중 한 사람이 입을 열었다.

특이한 건 나이가 몇 배는 많아 보이는 데도 결은 젊

을 사람에게 존칭을 쓰고 있다는 것이다.

"주인, 명하신 대로 사람들을 끌어모았습니다."

"그래."

담담히 말을 받았으나, 실제로 유장천은 속으로 뭐 이런 놈이 다 있는가, 라는 생각을 하고 있었다.

물론 가법존자에게 현 상황을 만들라 명한 사람은 자신이었다.

하지만 설마 멀쩡한 인간을 장대로 꿰뚫어 세워 놓을 줄은 그조차 상상하지 못했다.

싫어도 왠지 자꾸 뒤쪽이 당기는 기분이었다.

'하나 심하기 이전에 어차피 이곳은 적지이니.'

그래서 유장천은 더는 신경 쓰지 않고, 느긋이 몰려드는 자들의 면면을 살펴보았다.

하지만 생각보다 거물급 인물들은 보이지 않았다. 전부 고만고만한 이 자리에 모인 자들을 대표할 만한 인물은 없었다.

"환희타불."

희한한 불호와 함께 새롭게 모습을 드러내기 전까지는 말이다.

9

탈환(奪還)

새로이 등장한 자들은 혈가람사의 십이존자들이었다.

마치 이곳에 가법존자가 있는 걸 알기라도 한 듯 전황을 이끌 인물들 중 가장 먼저 모습을 드러냈다.

하나 현실은 연일 이어진 회의로 쌓인 짜증을 풀려는 의도였다.

"사형!"

그래서 처음에 그들도 유장천 곁에 있는 인물이 자기가 아는 가법존자임을 알지 못했다.

하지만 덥수룩한 머리를 제거하고, 입고 있는 옷을 승복으로 바꾸면 그들이 알고 있는 가법존자임을 깨닫게 되었다.

특히나 이곳에 오기 전 석법존자에게 배신이란 신경 쓰인 말을 들어 황법존자는 소리친 것도 모자라 가리킨 손가락을 부들부들 떨기까지 했다.

"터무니없진 않았군."

반면 석법존자는 십이존자 누구도 내뱉지 않은 말을 내뱉었던 자답게 동요함이 없었다.

"이제야 제대로 대화를 나눌 만한 자가 나타났군."

그래서 유장천도 자연히 그가 이곳에 있는 자 중 가장 높은 자임을 알 수 있었다.

그와 동시에 곁의 가법존자가 크게 긴장하는 걸 보며 어떤 예감을 받았다. 뭐 이게 아니더라도 입고 있는 승복만 보더라도 혈가람사 인물임을 쉽게 짐작할 수 있었다.

"그대는 누구인가?"

석법존자도 뭔가 비슷한 느낌을 받았는지 가법존자가 아닌 유장천에게 먼저 말을 걸었다.

"나? 보다시피 이런 짓도 서슴없이 종에게 시키는 악당이지."

유장천의 시선이 잠시 장대에 꿰인 두 사람에게 향했다 떨어졌다.

그걸 보고 석법존자가 눈살을 찌푸렸다.

하나 그가 눈살을 찌푸린 이유는 조금 달랐다. 유장천이 언급한 종이란 글자의 대상이 가법존자임을 느꼈기 때문이다.

그제야 석법존자의 눈이 유장천 곁의 가법존자에게 달라붙었다.

거기엔 이제껏 드러내지 않은 분노가 짙게 깔려 있었다.

배신보다 못한 종이라니…… 같은 십이존자의 한 사람으로서 참기 힘들었다.

"주인, 잠시 제게 시간을 주시겠습니까?"

그 마음을 읽은 듯 가법존자가 앞으로 나섰다.

"왜? 동문들을 보니 갑자기 돌아가고 싶은 마음이라도 생긴 거야?"

"아닙니다. 아무래도 이쯤에서 확실히 정리해야 할 것 같아서."

한 점 망설임이 없어 듣던 십이존자들 모두 얼굴이 경직되었다.

"후후. 진정 재미있는 놈이다, 네놈은. 마음대로 해라."

유장천이 일부러 한 걸음 물러나기까지 하자 주위의 시선 전부가 가법존자에게로 몰려들었다.

눈이 있고 귀가 있는 자들은 모를 수 없는 상황이었다.

한마디로 배신.

시시각각 붉어지는 십이존자들의 낯빛으로 그걸 모를 수 없었다.

"이 배신자!"

역시나 황법존자가 가장 참을성이 없었다.

그대로 가법존자에게 달려들었다. 아니, 사람보다 먼저 그가 쏘아 낸 권풍이 가법존자를 덮쳤다.

쑤아아앙.

혈가람사가 자랑하는 홍해만불권(紅海滿佛拳)이었다.

거칠게 쏘아져 오는 홍색 기운이 거기에 걸리는 모든 걸 핏물로 만들 것 같았다.

하지만 가법존자는 황법존자보다 윗선의 인물이었다.

그의 손이 피라도 쏟아 낼 듯 붉게 변하는 것도 잠깐.

그 상태로 홍색 기운을 향해 손을 흔들자 거짓말처럼 황법존자의 기세가 사라졌다. 이 또한 혈가람사가 자랑하는 혈가람수(血伽藍手)의 위력이었다.

"젠장!"

그래도 황법존자는 포기할 줄 몰랐다.

달려드는 기세를 죽이지 않고 바싹 다가들어 직접 가

법존자의 육체에 일권을 내질렀다.

가법존자는 피하는 대신 황법존자의 공격을 어깨로 받아 냈다.

하지만 주먹과 육체가 충돌을 일으켰음에도 아무런 소음도 일지 않았다.

그저 가법존자의 몸이 한 번 출렁인 것이 전부. 이어 황법존자가 낭패란 표정을 지었고, 그런 그의 아랫배로 가법존자의 혈가람수가 틀어박혔다.

"크억!"

비명과 함께 황법존자의 몸이 본래 있던 자리로 날아갔다.

석법존자가 움직인 것은 그때였다. 앞으로 나서 밀려드는 황법존자의 등을 장으로 받쳐 주었다.

"켁, 쿨럭! 쿨럭!"

멈춰 선 황법존자가 괴롭다는 듯 피를 토했다. 하지만 곧 등을 받친 손에서 진기가 흘러 들어와 기침이 점점 잦아졌다.

"물러서라."

"예……."

석법존자의 말이 아니더라도 황법존자는 더는 가법존

자를 상대할 상태가 아니었다.

혈가람수는 양강인 홍해만불권과 달리 음유한 무공.

그 때문에 내장이 꽤나 크게 상한 상태였다. 만일 석법존자의 도움이 없었으면 이렇게 서 있지도 못했을 것이다.

어쨌든 황법존자의 현 상태가 모든 걸 말해 주었다. 가법존자의 배신에 더는 의심의 여지가 있을 수 없음을.

그래도 석법존자는 당사자의 입을 통해 한 번 더 그 부분을 확인하고 싶어 했다.

"진정 돌아올 생각이 없는 것이냐?"

"이미 질문이 필요 없는 답을 주지 않았소."

"하면 마지막으로 하나만 묻지. 이유가 무엇이냐? 대체 무슨 이유로 본 사는 물론, 사형제마저 배신한 것이냐?"

"주인 덕에 오랜 잠에서 깰 수 있었기 때문이오."

"오랜 잠?"

"그간 잊고 있었소. 내가 어쩌다 혈가람사의 제자가 되었는지. 자질이 뛰어나단 이유로 살아남아 결국 내가 당한 일을 아무렇지 않게 다른 자에게 행하는 인간이 되었다는걸. 다시 한 번 당하는 지경에 처하니 잊고 있던 그때의 기억이 떠오르더구려."

"그 말은 지금의 네 배신은 복수에서 기인했다……

그런 의미냐?"

"아니오. 복수는 그럴 만한 자격이 있는 자만 행할 수 있는 것. 단지 지금의 내 주인이 신타궁을 돌려받길 원하기 때문이오."

"후후, 으하하하."

낮게 흐르던 석법존자의 웃음이 끝내 대소로 바뀌었다.

이후 웃음을 멈춘 석법존자의 입가에 대신 살소(殺笑)가 떠올랐다.

"한마디로 너무 얻어맞아 정신이 나갔다는 걸 꽤나 그럴 듯하게 포장하고 있구나. 그렇지 않아도 방장이 전부터 하던 말이 있다. 가법은 나약한 정신을 악독함으로 가리고 있다고. 그 말대로다. 네놈은 태생이 나약한 놈이다. 그것이 이번 기회에 드러났을 뿐. 애초부터 네놈은 본 사의 제자가 될 자격이 없었다는 게지."

"그래서 그간 나를 바라보는 수좌의 눈에 간간히 살기가 맺힌 거구려."

"오히려 지금은 후회하고 있다. 차라리 그걸 알아챘을 때 진즉 숨통을 끊어 버렸어야 했는데. 덕분에 오늘 본 사는 큰 오명을 뒤집어쓰게 되었다. 네놈의 죽음으로도 씻지 못할!"

어느새 이곳에 혈가람사를 제외한 다른 네 문파의 책임자들도 와 있었다.

한밤의 정적을 깨는 끔찍한 비명도 이끌지 못한 그들을 이끈 건 수하들에게 전해 들은 한 가지 이야기 때문이다.

—혈가람사에 배신자가 나왔다. 놀라운 건 그 배신자가 다름 아닌 십이존자의 한 사람이다.

단일 문파가 아닌 여덟 문파가 모인 변황련이기에 알게 모르게 그 사이로 알력이 흐르고 있었다.

그간 현 련주를 맡고 있는 련주가 얼마나 무섭고 안 무섭고는 관계없었다.

아니, 오히려 그의 능력이 여덟 문파를 하나로 모을 수 있기에 여덟 문파의 수장을 한 가지 꿈을 꾸게 되었다.

시작은 신타궁이지만, 곧 나머지 변황사패도 물리쳐 진전한 의미에서 변황일통을 이루리란걸. 그리고 변황인들의 오랜 염원으로 남은 중원 정벌. 그 염원도 더는 이룰 수 없는 꿈이 아니란걸.

당연히 상상 이상으로 판이 커질 수 있었다.

그렇다고 사이좋게 똑같이 나눠 먹는 것은 여덟 문파

수장들에게는 없었다.

애초 그럴 만한 문파들이 모인 것이 아니기에 어떻게든 남들보다 좀 더 많은 것을 가지려 했다.

이런 의미에서 이번 사건은 네 문파 책임자들의 큰 관심을 불러 일으켰다.

어쨌든 남의 불행은 곧 내 이득으로 이어지기에…….

한마디로 가법존자는 누구보다 유장천의 명을 확실히 수행해 낸 것이다.

❖

"끄아아아!"

"으아아악!"

끔찍한 비명을 들은 건 신타궁을 점령한 적도 무리들만이 아니었다.

어떻게든 되찾고자 하는 신타궁의 잔존 세력들도 똑똑히 듣고 있었다.

"……."

하지만 비명이 누구에게서 비롯되었는지 대충 눈치채고 있어도 마냥 반길 수 없었다.

그만큼 아군도 진저리 칠 정도로 고통과 괴로움이 절절이 느껴졌다.

"정신 차리세요."

그래서 이어 듣게 된 아미라의 한마디는 감로수와도 같았다.

아미라는 누구보다 유장천을 믿고 있기에 다른 자들보다 충격이 덜했다.

그 덕에 누구보다 먼저 집중력이 흐트러진 동료들을 일깨울 수 있었다.

현재 아미라들은 모래 속에 몸을 집어넣은 채 고개만 내밀고 있었다.

그 때문에 보초들이 오가는 곳과 제법 가까운 거리까지 접근했어도 아직 발각되지 않았다.

그 순간 변화가 생겼다.

"움직인다. 아무래도 놈들도 저 비명이 꽤나 거슬리는 듯하구나. 우리도 움직일 때가 된 것 같다."

아진타의 말에 아미라는 조금 신중한 태도를 보였다.

"하지만 숙부님. 생각보다 적들이 큰 동요를 보이고 있지 않아요. 이래서는 아버님들이 갇혀 있는 장소에 도착하기보다 먼저 발각되기 십상이에요."

"그 정돈 이미 각오한 일 아니더냐? 그때가 되면 내가 목숨을 걸고라도 막을 테니 그 문제는 이 숙부에게 맡겨라."

아진타는 여전히 속행을 주장했지만, 아미라는 선뜻 내키지 않았다.

이번 일은 처음이면서 또 마지막 기회이기도 했다.

그녀 또한 유장천들이 발견되기 전까지 보초들이 나누고 있던 대화를 이쪽의 보초들에게서 들었다.

아진타가 서두르려는 것도 바로 그런 이유였고, 아미라도 그런 마음에선 지지 않았다.

그래도 이번에 실패하면 언제 또 이런 기회를 잡을지…… 선뜻 결정하기 어려웠다.

"잠시 만요. 조금만…… 조금만 더 지켜보고 움직이죠. 부탁이에요."

부탁이라고까지 하자 아진타도 더는 속행을 주장하지 못했다.

대신 숙질 이전에 아무리 신타궁의 공주라도 여인에게 이런 막중한 책임은 무리란 생각을 갖게 되었다.

"길어야 반 시진이다. 그 외에도 변화가 생기지 않는다면, 날이 밝는 걸 감안해서라도 무조건 시작해야 한다.

알겠느냐?"

"네, 저도 그 사실은 잊지 않고 있어요."

"그럼 되었다."

그렇게 아미라들은 초조하게 적들 사이에 새로운 변화가 일어나기를 기다렸다.

다행히 그런 간절함이 통했는가?

한 식경도 못 되어 새로운 변화가 일었다.

이번에는 제법 소란으로 이어지는 것이 일전과 같은 비명 소리를 듣지 못했음에도 뭔가 일이 벌어진 것 같았다.

이때가 막 석법존자가 대소를 터트렸을 때였고, 또 여덟 문파의 책임자들이 가법존자의 배신 소식을 듣고 그 쪽으로 향할 때였다.

"지금이에요, 움직이죠."

이런 소란을 틈타 마침내 아미라들이 움직였다.

그토록 갈망하던 신타궁 탈환의 시작이었다.

그와 때를 맞춰 한 사람도 방관자적 태도를 풀었다.

"거기까지!"

유장천이 소리치며 가법존자와 석법존자 사이에 끼어들자 자연히 시선이 그에게로 몰렸다.

가법존자가 공손히 물러나는 자세를 취한 건 그러한 변화에 더욱 박차를 가했으니, 이어지는 유장천의 한마디는 그 때문에 더더욱 이 모든 변화의 화룡점정이 될 수밖에 없었다.

"더는 못 들어 주겠군. 아무리 땡중 네놈이 내게 있어 벌레 같은 존재라도, 그렇다고 나 외에 눌러 죽이려 드는 건 영 마음에 들지 않아. 물러나. 건곤마제란 이름을 가지고도 아까부터 구경만 했더니 영 몸이 찌뿌둥한 기분이야."

"예, 주인."

이 와중에 자연스레 모인 자들의 귀로 흘러든 건곤마제란 넉 자.

아무리 이곳이 중원과는 거리가 있는 변황이라지만, 언제나 그곳을 도모하고자 하는 변황인들에게 있어서 그쪽 무림인들의 정보는 생소하지 않았다.

오히려 언젠가는 필히 정복할 곳의 정보이기에 더욱 촉각을 곤두세우는 형편이다.

그래서 당연히 요즘 한창 중원을 흔드는 건곤마제의

이름을 모를 수 없었다.

전설적 영웅 건곤무제의 후인이며, 더 앞서 유일하게 검신이란 칭호를 받은 무적검제의 일맥.

여기에 하나 더 추가하자면 변황사패 이상 가는 명성을 갈구하는 십패. 이 중 한 곳의 궁주가 그의 손에 사라졌다.

비명, 배신보다 더한 충격적인 현실에 모인 자들의 관심이 더욱 이곳에 묶일 수밖에 없었다.

"후후. 이제야 이몸이 네놈들과는 질적으로 다른 악당이란 걸 알아본 듯하군. 자, 누가 있어 이런 나를 상대할 텐가? 뭣하면 전부 덤벼도 상관없는데."

당당함을 넘어 오만이 극에 다다르자 오히려 나서는 이가 있었다.

석법존자.

배신으로 더러워진 오명을 씻을 수 있다 여겨선지 누구보다 먼저 움직였다.

"내가 상대하지."

"네놈 혼자?"

"정 뭣하면 네놈이야말로 배신자와 함께 나서거라."

씨익.

그 순간 유장천의 입가로 진한 미소가 피어올랐다.

'오랜만에 그걸 쓰게 만드는군.'

유장천도 오명 어쩌고저쩌고 하는 말을 들었기에 석법 존자의 속내가 대충 짐작이 갔다.

그렇다면 이쪽은 그걸 역 이용해 주면 그만이었다.

"생각이 그렇다면 피차 긴말이 필요 없겠어. 시작하지. 관객들이 그간 쓸데없는 말싸움만 구경하느라 꽤 지루했을 테니."

"나 또한 바라던 바다."

유장천이 앞으로 나선 만큼 석법도 좀 더 앞으로 나섰다.

"물러서라!"

누구 입에서 튀어나온지 몰랐다.

그제야 모여 있던 자들이 이제부터 싸우려는 자들이 어떤 자란 걸 깨닫고 멀찌감치 거리를 벌리기 시작했다.

소위 이곳의 책임자랄 수 있는 자들만 그들보다 앞서 앞으로 벌어질 비무를 기다렸다.

"준비되었나?"

"준비랄 것도 없다."

"그럼 더는 사양치 않고."

말끝에 유장천의 손이 운룡의 검병을 잡아 갔다.

석법도 강력한 일격을 준비했는지 승포자락이 팽팽하게 부풀어 오르기 시작했다.

번쩍!

그 순간 유장천에게서 터져 나온 빛의 폭발.

사위를 밝히게 만드는 횃불마저 반딧불로 만드는 그런 빛의 폭발에 모두 장님이 될 수밖에 없었다.

서걱!

그리고 그 사이로 퍼져 나간 섬뜩한 파열음.

하지만 사람들은 빛의 폭발로 눈 뜬 장님이나 마찬가지였기에 시력이 그 마음을 쫓지 못했다.

그래도 누구보다 빠르게 시력을 회복한 십이존자를 필두로 여덟 문파의 책임자들이 하나둘 그 결과를 확인해 가기 시작했다.

"……."

"……!"

파도처럼 퍼져 나가는 침묵과 경악의 물결.

모두 한결같이 다들 믿을 수 없단 기색들이다.

하지만 머리가 사라진 쓸쓸한 육신은 이 모든 게 거짓이 아니라 말하고 있었다.

물론 이 순간에도 바닥을 구르는 수급은 그걸 인정할

수 없다 두 눈을 부릅뜨고 있었지만…….

어쨌든 지켜보던 자들의 예상을 깨고 일수에 모든 것이 판가름 났다.

승자는…….

철컥.

아무렇지 않게 검집으로 운룡을 돌려보내는 유장천이었다.

"시시하군. 일검조차 받지 못할 자신감이라니."

"으, 은하일섬."

누군가 조금 전 유장천이 펼친 무공을 알아본 자가 있는 듯했다.

"그래도 눈 뜬 장님만 있는 건 아닌가 보군."

맞다는 듯 유장천의 입가로 진한 미소가 떠올랐다.

은하일섬.

피하는 것 외에는 어떤 무공으로도 막을 수 없다는 절대검초.

아직까지 이 말이 깨어지지 않았기에 사람들은 싫어도 검신과 무제의 경이를 가슴 깊이 새길 수밖에 없었다.

하지만 분노에 그걸 잠시 망각한 이들이 있었다.

석법존자와 같은 십이존자들.

처음에는 다른 이들처럼 충격과 경악에 빠져 있었지만, 뒤이어 찾아든 분노에 더는 다른 생각을 하지 않았다.

특히나 조금 전 쓴 맛을 보고도 황법존자가 가장 먼저 유장천을 향해 몸을 날렸다.

"이노오옴!"

하지만 이번에도 또 다시 가법존자에게 밀려 제 뜻을 이루지 못했다.

펑!

혈가람수와 한 번 더 충돌한 충격 때문인지 입가로 피를 흘리고 있었다.

챙. 채재쟁.

그렇기에 다른 존자들은 망설이지 않고 자신들의 병기를 품에서 꺼내 손에 쥐었다.

어른 손바닥의 한 배 반 정도 되어 보이는 동발(銅鈸)이었다.

동발은 본시 불가 의식 때 많이 쓰는 타악기였다.

하지만 혈가람사에서는 이를 주 무기로 삼았다.

차앙!

"윽!"

몇몇 자들이 동발이 부딪혔을 때 나는 소리를 견디지

못하고 신음을 흘렸다.

이처럼 소리로 사람의 내부를 뒤흔들거나.

"쳐라!"

"하앗"

홍법선사의 선창으로 십이존자 다섯이 동발을 앞세운 채 유장천에게 쏘아져 갔다.

그들은 동발을 마치 둥근 칼날을 가진 건곤권(乾坤圈)처럼 사용했다. 이처럼 날붙이로 이용하기도 했다.

쓰임새야 어쨌든 가법존자는 그들을 제지할 수 없었다.

"나랑 어디 한 번 목숨이 다할 때까지 싸워 보자꾸나."

피를 토하면서 황법존자가 끈질기게 달라붙어 일단 그를 상대해야만 했다.

그래서 유장천 홀로 십이존자 다섯을 상대해야 했다.

조금 의외인 건 그때까지 그들 외에 다른 자들이 나서지 않았다는 것이다.

혈가람사 쪽 사람들이야 명을 내릴 사람들이 먼저 나서 그렇다 쳐도, 다른 곳은 태도마저 강 건너 불구경하듯 했다.

'예전이나 지금이나 또, 나쁜 놈이나 좋은 놈이나 뭉쳐 놓으면 하는 짓은 똑같군.'

슬쩍 과거 혈황을 상대할 때의 일이 떠올랐다.

그때는 그래서 유장천은 친우인 사우들과 주로 활동했고, 당시 가장 큰 세력인 무림맹을 거리를 두었다.

'뭐, 그 네 친구들이 없었다 해도 결국 나 홀로 해치웠을 테지만.'

검집으로 돌아간 운룡이 다시금 붉은 제 몸체를 세상에 드러냈다.

우우웅.

그리고 마치 이 순간 주인의 마음을 읽은 듯 운룡이 요란이 울기 시작했다.

"너도 화려한 게 좋다 이 말이지?"

마치 답하듯 한마디 뇌까린 유장천이 뽑아 든 운룡을 손바닥 위에서 한 번 빙그르 돌렸다.

척!

재차 움켜쥔 유장천의 손 등 위로 힘줄이 불거졌다.

"일단 발부터 묶고."

유장천이 운룡을 쏘아 오는 다섯 명을 향해 던졌다.

휘리리릭!

마치 회선검(回旋劍) 십이존자들에게 달려들었지만, 선두에서 가장 먼저 그걸 쳐 낸 홍법선사는 제 생각이 틀렸단 걸 알았다.

캉!

요란한 충돌음 후 운룡이 쳐 낸 방향과는 정반대의 다른 십이존자에게로 날아갔다.

"읍!"

생각도 못했던 변화라 당한 구법존자(懼法尊者)는 홍법존자처럼 서둘러 운룡을 막아 내야 했다.

카강!

그 후에도 마찬가지였다.

운룡은 회전력이 조금도 떨어지지 않은 채 여전히 의외의 방향에서 십이존자들을 덮쳤다.

그제야 십이존자들도 수좌가 일검에 당한 것이 괜한 일이 아님을 알 수 있었다.

이기회선검(以氣回旋劍)이라고 해야 할까?

이 하나만으로도 상대는 자신들과는 전혀 다른 세상에 존재하는 인간이었다.

방장 아니, 여덟 문파를 무릎 꿇린 련주가 외에는 막을 수 없다 생각을 했을 정도로…….

그래서 십이존자는 간간히 운룡을 쳐 낼 뿐 유장천을 향해 다가오지 못했다.

"발은 묶었고, 다음엔……."

십이존자에게 가 있던 유장천의 의지가 하늘로 향했다.

그러자 운룡이 그 의지를 좇듯 하늘로 쏘아졌다.

쐐애애액!

모든 이들의 시선을 한순간에 하늘로 잡아끌었을 정도로 눈으로 쫓을 수 없는 빠르기였다.

거기서 끝난 것이 아니었다.

유장천이 보여 주는 신기는 거듭되면 거듭될수록 지켜보는 자들의 상식을 깼다.

"비라도 맞으면서 정신들 차리도록."

대체 이건 또 무슨 소리인가? 일 년 열두 달이 지나도록 비 한번 보기조차 힘든 사막에 말이다.

하지만 정말 유장천 말대로 비가 쏟아졌다.

육신이 아닌 영혼을 서늘케 하는 검기우.

그래서 옷이 젖을까 봐 피하는 게 아닌 살기 위해 피해야만 했다.

슈슈슈슈.

"크억!"

"컥!"

"사, 살려!"

"피해!"

아비규환이 따로 없었다.

어떤 이들은 제 한 목숨 건지고자 근처 동료를 방패로 삼기까지 했다.

그래서 마른 사막 위로 물 대신 피가 흐르고, 흐르기 무섭게 사막이 그걸 집어삼켰다.

"마, 막아!"

"막아야 한다!"

그제야 강 건너 불구경하던 자들도 더는 참지 못하고 싸움판에 끼어들었다.

이대로 두었다간 아무리 당장 목숨을 빼앗지 않는 검기우라도 수많은 사상자를 낼 수 있었다.

게다가 유장천은 현재 무기가 없는 적수공권.

그 점이 더욱 여덟 문파의 책임자들의 등을 떠밀었다.

바로 그때였다.

"와아아아!"

예상치 못한 함성이 달려드는 책임자들의 발을 묶었다.

"대체 어디서?"

놀라운 건 함성이 달려온 쪽이 신타궁의 중심부란 사실이었다.

하지만 그곳에는 싸울 능력을 상실한 신타궁의 포로들 뿐인데.

그런 그들의 눈에 이 순간에도 아름답다는 말이 절로 나오는 미녀의 모습이 들어왔다.

그리고 자연스레 연결되는 수많은 생각들.

공주의 탈출. 가법존자의 배신. 그리고 도무지 이곳에 만날 거라 생각지도 못한 건곤마제.

"야, 양동작전이었던가?"

결론이 났다.

애초 가법존자의 배신을 알았을 때부터 경계했어야 했는데, 또 혈가람사에 배신자가 나왔단 사실에 너무 묶여 다른 생각을 하지 못했다.

"퇴각하라!"

"모두 신타궁을 벗어난다!"

유장천에게 덤벼들려던 자들이 그와는 정반대의 방향으로 몸을 날리기 시작했다.

그 속에는 터질 듯한 노화를 풀지 못한 채 몸을 빼는 십이존자들의 모습도 보였다.

하지만 그들은 도망을 치면서도 유장천을 잡아먹을 듯 노려보았다.

'일부러 살려 준 줄도 모르고. 눈깔을 그냥 확!'

유장천은 일부러 그들이 도망이란 방법을 택하기 쉽게, 신타궁 사람들이 모습을 드러내고 나서는 더는 검기우를 뿌려 대지 않았다.

그래서 이 순간 운룡은 그저 유장천 머리 위에서 맴을 그리는 중이었다.

"돌아와."

유장천의 말이 떨어지고, 그제야 운룡이 제 집인 검갑으로 돌아갔다.

"주인."

가법존자도 그걸 기다린 것처럼 말을 걸어왔다.

"왜?"

"혹시 다친 데는 없습니까?"

"다쳐? 누가? 내가 고작 꼬리나 말고 도망가는 놈들에게 다칠 것 같으냐? 네놈을 두들겨 깨워 준 인간이 고작 그 정도 인간밖에 안 된다고 생각해?"

"아, 아닙니다. 그냥…… 죄송합니다."

소나기처럼 질문이 이어져 가법은 고개를 숙였다.

"잘해. 네가 나를 아직 잘 몰라서 그러는데. 내가 예전에 데리고 있던 애꾸나 대머리는 내가 콩도 팥이라면 팥으로 알고, 동도 금이라면 금으로 알았어. 그러니 명심해. 걱정은 내가 하는 거지, 네가 하는 게 아니야. 알겠어?"

"예."

"그보다……."

"……?"

"오늘 일로 네놈을 더는 벌레로 보지 않기로 했다. 그래 봐야 지렁이보다 조금 나은 수준이지만, 앞으로 하는 거 봐서 격상시켜 줄 테니 잘해. 알겠지?"

"예."

"좋아."

그 무렵.

그간의 분노를 풀겠다는 도망치는 변황련의 잔당들을 쫓는 신타궁의 무리와 별개로 아미라가 아진타와 비슷한 인상의 또 다른 중년인을 데리고 왔다.

하지만 비슷한 건 인상뿐, 그는 아진타와는 풍기는 기도부터가 달랐다.

"아버님, 이분이 바로 저희들을 도와주신 유장천 대협이세요."

"고맙소. 덕분에 본 궁 개궁 이래 최고의 위난을 넘길

수 있었소. 신타궁 궁주 아무극(阿武極)이오."

상대는 자신이 변황사패의 한 곳인 신타궁의 궁주임을 밝히면서도 거드름을 피운다거나 하지 않았다.

오히려 정중히 예의를 다하는 것이 은과 원을 확실히 구별하는 자 같았다.

"유장천이오. 한데 너무 고마워할 필요 없소. 나 또한 목적이 있어서 귀궁을 도운 것이니. 대신 궁주도 내 부탁 한 가지만 들어주면 우리 사이에 더는 은원은 없을 것이오."

"좋소."

대체 무슨 부탁을 할 줄 알고 바로 허락을 표했는지 모르지만, 뭘 원한다 해도 크게 개의치 않는다는 반응이었다. 오히려 이렇게 서서 이야기하는 것이 더 신경 쓰이는 것 같았다.

"적을 물리친 직후라 딱히 대접할 만한 것은 없으나 그래도 장소를 옮깁시다. 왠지 은공을 계속 세워 두기도 뭣하니."

"그럽시다. 그보다 난 딱히 뭘 가리는 편이 아니니 크게 신경 쓰지 마시오."

"하하하. 은공은 내 오늘 처음 봤지만, 진정 생각 이상으로 마음에 드는 사람이오. 갑시다. 진정한 사막의 대접이 무언지 은공에게 가르쳐 주겠소."

두 사내가 그렇게 사이좋게 어깨를 나란히 하고 걸어가자, 그 모습을 보며 아미라가 어딘가 흐뭇한 미소를 지었다.

하지만 그들과 자신 사이에 가벌존자가 끼어들자 표정이 변했다.

"휴우, 그만두자. 적이었던 그도 오늘만큼은 우릴 도운 조력자니."

한숨을 끝으로 아미라도 그 뒤를 쫓았다.

"쳐라!"

"막아!"

그 순간에도 아련히 퇴각하는 자들과 쫓는 자들의 함성이 어우러지고 있었다.

하지만 그것과 별개로 신타궁은 빠르게 안정을 찾아갔다.

평생을 사막에서 살아온 민족만이 가질 수 있는 강인함 같았다.

❖

신타궁 사람들은 물자가 부족한 만큼 검소함이 몸에 밴 것 같았다.

궁주의 처소라 해도 어찌 쇠락의 길을 걷고 있는 서문세가의 접객청보다도 못했다.

하지만 이는 지형적, 문화적 차이 이전에 유장천 자체가 크게 신경 쓰지 않는 부분이었다.

그저 앉으라는 곳에 대충 자리하고 주인이 나타날 때까지 기다렸다.

딱히 시중드는 사람도 두지 않는 듯 아무극은 자신이 직접 준비한다며 나간 지 벌써 한 식경이 다 되도록 돌아오지 않고 있었다.

대신 그보다 아미라가 왔다.

아무래도 그때까지 말동무라도 하라는 심산 같았다.

그런데 옷차림이 꽤나 사람 눈 둘 곳 없게 만들었다.

가렸다 해도 한 겹 천을 더 덧댄 중요 부위 빼고는 죄다 속이 비치니. 보라는 건지 보지 말라는 건지.

'아니, 그전에 누구 고문이라도 할 셈인가?'

유장천은 벌써 집 떠난 지 일 년이 다 되어 가고 있었다.

초항아야 운무곡 안과 밖이 다른 시간 흐름으로 인해 크게 독수공방의 외로움 따위 느끼지 않았지만 유장천은 달랐다.

한창 혈기 왕성한 이십대.

속옷을 두 장 입어도 감출 수 없는 젊음이 몸속에서 들끓고 있었다.

게다가 본의 아니게 그간 눈만 호강하는 시절을 보내와 알게 모르게 해소되지 못한 불만이 쌓인 상태였다.

불만 댕겨도 확 타오를 수 있는 바싹 바른 섶처럼…….

'그래도 모든 게 내 부덕에서 비롯되었다 이를 악물고 견디고 있거늘.'

"어흠, 그보다 밤이 많이 늦지 않았소. 또, 거사를 치르느라 피곤할 텐데. 먼저 가서 쉬는 것이 어떻소?"

"아니에요. 솔직히 그런 생각을 하지 않은 것도 아니지만, 그토록 간절히 원하던 것이 이뤄진 날이라 그런지 좀체 잠이 오지 않네요. 차라리 대협과 좀 더 이야기를 나누고 싶어요."

말끝에 아미라가 양 볼을 사르르 붉혔다.

게다가 그녀는 어딘가 이제까지 만난 다른 여인들과 달리 자신의 감정을 숨기지 않으려 했다. 물론, 꼬맹이인 모용소소는 제외.

어쨌든 지금 중요한 건 유장천으로선 숨기나 드러내나

다 그림의 떡이란 점이다.

일전에 당정청이야 본의 아니게 초항아를 만나게 해 준단 약속까지 하고 말았지만, 더는 안 되었다.

"아 낭자."

"네?"

"본인은 하려던 모든 일이 끝나면 본래 기거하던 곳으로 돌아가 두 번 다시 세상에 나오지 않을 생각이요."

"왜 갑자기 그 이야기를 제게……."

"별다른 이유는 없소. 그저 낭자가 이야기나 하잔 말에 꺼내 본 말이오."

"네…… 그런데 본래 있던 곳으로 돌아가 평생 그곳에 머무신다면 외…… 외롭지 않으세요?"

"그런 문제라면 괜찮소. 사실 본인이 평생 나오지 않으려는 이유도 다름 아닌 그곳에 기다릴 부인 때문이오. 내가 곡을 나서기 전에 꽤나 잘못을 해서 말이오. 하하하."

유장천은 웃었다.

그러며 당정청 때 같은 일이 반복되지 않게 정혼자가 아닌 부인이라 밝혔다.

"……!"

확실히 아미라는 당정청 때보다 더 충격이란 반응을

보였다.

'이것으로 된 거다. 지금은 생각 이상으로 아플 수도 있겠지만, 그만큼 더 빨리 잊게 될 거다.'

이렇듯 유장천이 아미라와의 일에 종지부를 찍을 때였다.

"그런 문제라면 걱정 마시오."

이제나 저제나 나타나나 기다리던 아무극이 나타났다.

"아버님……."

"괜찮으니 걱정 마라. 이 아비가 다 알아서 할 테니."

대체 뭐가 괜찮고 다 알아서 한다는 것인지.

그런데 아무극은 떠날 때와는 다른 모습이었다.

분명 비 오는 소리를 듣지 못했는데 머리가 흠뻑 젖어 있었다. 의복 여기저기에도 물 자국이 남은 것이 서둘러 옷만 갈아입고 온 듯했다.

이외에도 떠날 때와 다르게 커다란 가죽 주머니 같은 것을 들고 나타났다.

아무극은 일단 가죽 주머니를 석탁 위에 올려놓고, 나무를 깎아 만든 술잔 두 개를 따로 가져와 올려놓았다.

"사막 지역은 날씨가 더워 음식을 보관하기가 용이치 않소. 주로 바싹 말리거나 훈제 처리를 해야 해서 술 같은 건 양 젖으로 만드는 양유주(羊乳酒)가 전부요. 하지만 외지인에게 양유주를 대접할 순 없소. 대부분 그 지독한 맛에 진저리를 치기 마련이라…… 바로 이것이오!"

"이것?"

"일단 맛부터 보시오."

아무극은 가죽 주머니를 열어 그 안의 액체를 가져온 나무 술잔에 부었다.

"……!"

냄새를 맡는 것만으로도 당장 취할 정도로 굉장한 주향이 거기서 풍겨 났다.

씨익.

그런데 유장천의 반응이 꽤 마음에 들었는지 아무극이 짙게 미소 지었다.

"어떻소?"

"어떻긴…… 술이 아니라 독이 아닐까란 생각이 드오만."

"하하하, 어디 일단 맛부터 보시오."

"그럼."

그래도 따라 준 성의가 있어 유장천은 술잔을 들어 한 모금 입에 머금어 보았다.

생각보다 괜찮았다.

지독한 주향에 비해 맛은 의외로 부드럽고 깔끔했다.

그래서 바닥까지 잔을 비우고, 이후로도 아무극이 따라 주는 술을 연거푸 서너 잔 비우게 되었다.

문제는 그때 터졌다.

"……!"

한순간 아랫배부터 몸 전신으로 퍼져 가는 열기가 입 밖으로까지 튀어나올 것 같았다.

그제야 유장천은 술이 생각 이상으로 문제가 있단 걸 깨달았다.

"독은 아니니 걱정 마시오. 그저 사내의 양기를 북돋아 주는 보양주(補陽酒)이니. 본인이 소싯적 중원을 여행하며 잡은 천년화리(千年火鯉)의 내단 효과일 뿐이오."

말끝에 아무극의 시선이 딸인 아미라에게로 향했다.

"본시 사위가 생기면 주려고 근처 호수 아래 숨겨 놓은 술이요."

이후 아무극의 시선이 다시 유장천에게로 향했다.

"그리고 본 궁은 굳이 일부일처를 고집하지 않소. 나만 해도 부인이 셋이나 되오. 하지만 내가 첫 번째 부인에게서 얻은 아이는 미라 하나뿐이오. 그래서 난 미라가 행복하길 바라오. 비록 그 때문에 내가 누군가의 미움을 사더라도 말이오."

"아, 아버님. 아무리 그래도 이는……."

"너도 사막의 딸이니 잘 알 것이다. 이번 기회를 놓치면 결국 넌 네 뜻과 상관없이 본 궁에서 가장 강한 궁도와 결혼하게 될 것이다. 물론 그것도 나쁘지 않다. 어차피 네 어미도 그런 삶을 살아왔으니. 하지만 그건 네 어미가 그럴 기회를 접하지 못하기에 그럴뿐, 넌 다르다. 게다가 난 본 궁을 구한 이 사내가 비록 약에 의해 널 취했다 해도 널 소홀히 하거나 버릴 거라 생각지 않는다. 그리고 더는 선택권이 없다. 이대로 두면 저 사내는 양기에 심맥이 타버릴지도 모른다. 그러니 네 뜻대로 하거라."

아무극은 아미라가 결코 유장천을 죽게 내버려 두지 않을 것임을 잘 알고 있었다.

그래서 망설임 없이 몸을 돌려 밖으로 나가…… 아니, 나가려 했다.

"잠깐."

하지만 그 순간 들려온 낮게 가라앉은 한마디에 다시 유장천을 돌아봐야 했다.

"……!"

그런데 당장이라도 피를 쏟아 낼 것처럼 붉게 달아올랐던 얼굴이 본래대로 돌아와 있었다.

대신 싸늘한 안광 때문인지 처음 볼 때보다도 낯빛이 더 하얘진 것 같았다.

"확실히 대단한 사막식 대접이오."

"그보다 어찌……."

유장천이 마신 보양주는 신타궁주인 아무극이라도 결코 여자 도움 없이 이겨 낼 수 없었다.

이게 아니라도 신타궁 탈환의 가장 큰 공신인이 유장천의 능력이 크다는 걸 알았지만…….

"본인 유파에는 건곤무극공이란 희대의 신공이 있소. 그리고 이 신공의 최대장점이 육체를 음이건 양이건 한쪽으로 크게 치우치게 두지 않는다는 것이오."

"그 말은……?"

"덕분에 오늘 일을 겪으며 소모된 내공을 생각보다 빨리 찾을 수 있었소. 그건 감사드리오. 해서 궁주가 어떤 마음으로 내가 술을 줬는지 더는 따지지 않겠소. 대신 내가 처음에 한 그 약속만 지켜 주시오. 나도 목적이 있어 귀궁을 도왔다는 바로 그 약속!"

"말하시오. 지금으로선 그 일이라도 완수해 내야 지금의 부끄러움을 조금이나마 덜 수 있을 것 같소."

"그렇담 천산에서 자생한다는 설련초를 구해 주시오. 가능하면 구할 수 있는 만큼 최대로 구해 내개 보내 주면 되오."

"음…… 그거면 되오?"

"되오. 하나 결코 쉬운 일은 아닐 거요. 설련초란 약초가 쉽게 구할 수 있는 것이 아니니."

"그 일이라면 걱정 마시오. 내 목숨을 걸고서라도 지키겠소."

"좋소. 대접은 이쯤에서 끝내는 걸로 합시다."

"지금 당장 떠날 생각이오?"

"그렇소. 대신 내년 사월 첫째 날까지는 무슨 일이 있더라도 무한 황학루로 가져와야 할 것이오."

"걱정 마시오. 그 약속은 신타궁의 이름으로 반드시 이행될 것이오."

"그럼."

집 밖으로 나가기 전, 유장천은 잠시 아미라에게 시선을 주었다.

그런데 그녀는 연이은 충격적인 일을 겪어선지 고개만

푹 수그리고 있었다.

'과정이 어떻든 약속은 약속이니.'

유장천은 걷던 걸음을 멈추고 아무극을 돌아보았다.

"그리고."

"……?"

"오늘이야 적이 허를 찔려 정신없이 퇴각을 했지만, 아마 수습되는 되로 조만간 이쪽을 탐색하러 들 것이오. 그때 내 모습이 보이지 않는다면 적들은 재차 이쪽을 집어삼키려는 마각을 드러낼지 모르오. 그러니 당분간 내 종을 나로 변장시켜 그 역할을 대신하게 할 것이오."

"고, 고맙소."

"신경 쓰지 마시오. 이 또한 약속의 연장선이니."

그렇게 유장천이 떠나가고 실내에 아무극과 아미라 둘만 남자 그제야 아미라가 고개를 들었다.

울진 않았지만, 당장에라도 눈물을 쏟을 것처럼 눈가가 붉게 변해 있었다.

그런 그녀의 눈이 유장천이 떠나간 빈자리를 더듬고 있었다.

아무극은 그래서 한 번 더 그녀를 위해 다짐했다.

"이 아비가 약속하마. 넌 반드시 그를 다시 만나게 될

것이다. 아니, 그가 거부할 수 없게 만들어 주마."

❖

"어디를 가나 아버지들이란…… 훗."

유장천은 이와 비슷한 경험을 당문 때에도 겪어 꽤나 위험할 뻔했는데도 크게 화가 나지 않았다.

게다가 사막의 밤바람은 뜨거워진 머리를 식혀 줄 만큼 서늘했다.

그래서 훌훌 털어 버린 후 가법존자가 머물고 있을 흙집으로 향했다.

대개 비슷한 식으로 지어져서인지 실내 구조는 조금 전 머물던 궁주의 거처와 크게 다르지 않았다.

그나저나 그때까지 유장천이 오기를 기다리고 있던 듯 실내에 들어서기 무섭게 바로 가법존자가 반겼다.

"주인."

"땡중, 네게 물을 게 있다. 조금 전 보니 동문의 공격을 어깨로 그냥 받아넘겼던데. 혹 천축유가공(天竺踰跏功)을 익혔더냐?"

"예, 제가 혈가람사에 몸담기 전 익혔던 공부인데, 그간 익혀 놓고도 사용하지 않다가 이번에 다시 사용하게 되었습니다."

"그렇군. 하면 역용공(易容功)은?"

"그 또한 익히고 있습니다."

"좋아. 잘됐군."

"……?"

"앞으로 네가 내 대역을 좀 해야겠다."

"그게 무슨……."

유장천은 가법존자에게도 조금 전 아무극에 들려줬던 이야기를 한 번 더 들려주었다.

그런데 그때와 달리 이번엔 한 가지가 더 붙었다.

"앞으로 내가 하려는 일에 있어서 무엇보다 중요한 건, 얼마나 적의 주목을 받지 않으면서 진실을 쫓는 것이다. 그러기 위해선 적들에게서 시선을 분산시킬 대상이 필요하지. 그것이 바로 네가 내 대역을 해야 하는 가장 중요한 이유다."

"하면 주인께서는 그때까지 무얼 하시려고."

"그야 이제껏 쫓던 놈의 그림자가 실체인지 허상인지 알아봐야지."

씨익.

하지만 유장천은 미소 짓기만 할 뿐, 정작 가장 중요한 놈에 대해서는 들려주지 않았다.

반면 이 자리에 있는 자가 가법존자가 아닌 심옥당이 있었으면 바로 알아차렸을 것이다.

유장천이 출곡 후 계속해서 쫓고 있는 지독히도 실체가 없는 그림자, 혈황!

사실 심옥당이 이 자리에 없는 것도 현재 그와 관계된 두 가지 단서 중 하나, 혈황지보를 쫓고 있었기 때문이다.

나머지 하나는 바로 공야라는 성씨를 가진 신비에 싸인 변황련주.

혈황지보냐? 변황련주냐?

어느 쪽이 진짜 단서가 될지 그 결과만 남겨 두게 되었다.

〈『건곤무쌍』 제5권에서 계속〉

1판 1쇄 찍음 2014년 6월 17일
1판 1쇄 펴냄 2014년 6월 20일

지은이 | 추몽인
펴낸이 | 정 필
펴낸곳 | 도서출판 **뿔미디어**

편집장 | 이재권
기획 · 편집 | 윤영상

출판등록 | 2002년 9월 11일 (제1081-1-132호)
주소 | 경기도 부천시 원미구 상동로 117번길 49(상동) 503호 (우)420-861
전화 | 032)651-6513 / 팩스 032)651-6094
E-mail | bbulmedia@hanmail.net
홈페이지 | http://bbulmedia.com

값 8,000원

ISBN 979-11-315-2508-1 04810
ISBN 978-89-6639-996-3 04810 (세트)

※파본은 구입하신 서점에서 교환하여 드립니다.

www.bbulmedia.com

www.bbulmedia.com